Die »Stadt der Liebe« im Licht der Melancholie

FAHNEN VON PARIS

CORSO

Unsere Bebilderung folgt der Idee, atmosphärische Schlaglichter zu werfen und textliche Momente zu vergegenwärtigen. Um den Lesefluss nicht zu stören, verzichten wir auf konkretisierende Bildlegenden – schließlich steht jedes Bild für mehr als einen Ort oder einen Moment. (Siehe auch Seite 110.)

Inhalt

Entrée

Auf dem Petersplatz ist er, wie ich weiß,
einmal in ein Taxi gestiegen und hat nur
das Wort *Paris* gesagt, worauf ihn der
Fahrer, der ihn kannte, tatsächlich nach
Paris gefahren hat, wo eine dort lebende
Wittgensteinsche Tante dann die
Fahrkosten zu bezahlen hatte.

THOMAS BERNHARD, »*Wittgensteins Neffe*«

Immer wenn ich Paris besucht habe, überkommen mich Zweifel. Bin ich wirklich dort gewesen? Aber ja, ich bin doch durch viele Straßen gelaufen, habe Menschen und Plätze und Gebäude gesehen und allerlei erfahren, wovon ich erzählen könnte. Indes: Wo genau in Raum und Zeit habe ich mich denn aufgehalten? War es nicht so, dass ich an jedem Tag durch die verschiedensten Epochen und Zeitläufte gegangen bin? Vermischte sich nicht das Knattern der Mopeds mit den Seufzern der großen Toten, denen Paris so treu verbunden ist? Wurde der Boden unter meinen Füßen nicht just dann schwankend, wenn mein Blick den entsprechenden Straßennamen einfing? Waren nicht Zeichen und Dinge, Flüchtigkeit und Ewigkeit, Ferne und Nähe so ineinander verschoben, dass ganz ungewiss sein musste, wo man sich befand? Von welchem archimedischen Punkt aus sollte denn Paris betrachtet werden können?

Nun mag man einräumen, diese Zweifel überkämen einen in jeder großen Kulturstadt. Und ich erwidere, mag sein, aber nirgendwo verhält sich dies so radikal wie in Paris: der »Stadt der Liebe« – zu *den* Zeichen! Dass Paris wie keine zweite Stadt mit dem Schrifttum verwoben ist, meinte schon Walter Benjamin: »Paris ist ein großer Bibliothekssaal, der von der Seine durchströmt wird.«

Um es bescheiden hinzuzufügen: Paris macht dem Kosmos Konkurrenz. Und man kann hinfahren. Und wie groß ist dann das Glück, in diese mythische Stadtlandschaft einzutauchen und sich gänzlich verwandelt zu sehen in einen flanierenden Leser. Wenn man nicht die Gelegenheit hat, sich vor Ort verwirren zu lassen und all diese herrlichen Tableaus zu bestaunen und zu entziffern, dann bleibt immerhin die Literatur, die mehr als eine Zeugin ist. Die Poesie von und über Paris ist wie ihr Gegenstand unendlich mehrdeutig, weit und offen, labyrinthisch und geheimnisvoll. Alle Dichtung hat, wie die Schrift überhaupt, den unschätzbaren Vorteil, das Vergangene zu archivieren und die köstlichsten Erinnerungen anzuregen. Wir wären nichts ohne die Literatur. Wir wüssten nicht zu erzählen und wüssten folglich nicht, wer wir überhaupt sind. Andererseits ist dieser Lobgesang nicht ganz ohne Molltöne zu haben, verhält es sich doch mit der Dichtung wie mit allen Zeichensprachen auch so, dass sie eben nicht ist, wovon sie spricht. Sie sagt zwar: Schau dort, das Leben in Paris! Aber gleichzeitig gesteht sie ein: Ich bin gerade nicht dabei. Zwischen der Welt und der Sprache klafft eine Lücke, die manchen schmerzt. Der Philosoph Jacques Derrida schreibt: »Der Tod wandert zwischen den Schriftzeichen.« Nun, und das ist nicht zuletzt auch in Paris der Fall, das, während ich es lese, anwesend und abwesend zugleich ist.

In dieser Stadt der Zeichen fallen nur dem, der zu lesen versteht, die schwarzen Fahnen auf. Und sie erschrecken ein bisschen, bevor man sie zu schätzen weiß. Schließlich sind sie einfach nur schwarz. Was soll auf ihnen schon stehen und zu lesen sein? Was mögen sie anderes symbolisieren denn reine Verneinung? Man schaue sich nur jene Fahne des Dichters Charles Baudelaire an, der sie am Ende seines sogenannten *Spleen*-Gedichts gehisst sieht:

> – *Et de longs corbillards, sans tambours ni musique,*
> *Défilent lentement dans mon âme; l'Espoir,*
> *Vaincu, pleure, et l'Angoisse atroce, despotique,*
> *sur mon crâne incliné plante son drapeau noir.*

> Und lange Leichenwagen, ohne Trommeln und Musik,
> ziehen in meiner Seele langsam vorbei: die Hoffnung,
> die besiegte, weint, und grause Angst pflanzt herrisch
> auf meinem gesenkten Schädel ihre schwarze Fahne auf.

Nun kann man sagen: typischer Fall von Depression. Doch scheint dies nicht zu genügen, zumal es weit angemessener wäre, wir sprächen hier von der Melancholie, die fraglos die weit elegantere Erscheinung als die Depression ist. Die moderne Melancholie, die nichts anderes, wie Baudelaire einmal schreibt, als die »erlauchte Gefährtin« der Schönheit ist, hat ihre prominenteste Geburtsstätte in Paris. Die schwarzen Fahnen ragen nicht zufällig aus den Buch- und Häuserzeilen dieser Stadt. »Paris«, dieser Name wird gleichsam zu einem Losungswort, einer Chiffre, in welcher untrennbar die Poesie und die Melancholie verbunden sind. Es kommt aber noch ein Drittes hinzu: der Geist der Revolution. Denn es sollte nicht vergessen werden, dass es echte schwarze Fahnen in Paris gab, etwa im Zuge der Juli-Revolution von 1830, und selbst noch 1968 sollen Studenten sie gehisst haben. Die schwarze Fahne ist in politischer Hinsicht genau genommen das Symbol der Anarchie: Sie negiert alle nationale Farbenpracht, sie steht für die Trauer über den Tod der Opfer der Mächtigen und für den bedingungslosen Widerstand.

So beginne ich nun, die scheinbar unlesbaren Schemen eines Schriftzuges zu erahnen, notiert von den Geistern und Gespenstern auf die schwarzen Fahnen von Paris: Demnach soll die Melancholie selbst revolutionär sein, die Revolution melancholisch und die Liebe zu beiden nichts als reine Poesie.

Flaneure und Gespenster

Der Flaneur ist eine urpariserische Erfindung. Besonders eindringlich ist bestimmt das Bild von den müßigen Flaneuren, die noch im 19. Jahrhundert durch die berühmten Passagen mit einer Schildkröte an der Leine spazieren gingen. Dieses »Botanisieren auf dem Asphalt«, wie es Walter Benjamin nennt, ist ohne die Passagen, jene noch heute zu bestaunenden Mittelorte zwischen Straße und Interieur, kaum denkbar. Im Dämmerlicht der glasgedeckten, von Geschäftsauslagen und Cafés gesäumten Wandelgänge ist ein reduziertes Tempo möglich, das im Kontrast steht zu der Hast in den engen Gassen und den flutenden Massen auf den Boulevards.

Noch im modernen Paris sind die Flaneure zwar oft genug nichts als Müßiggänger, aber sie wissen, dass ihr Zeitvertreib nicht mehr ungetrübt verlaufen kann. Gerade, wenn sie als Dichter ihre Schritte verlangsamen und genau hinsehen, werden ihnen die Beschleunigungsprozesse der Moderne zu einer staunen- wie grauenerregenden Herausforderung. Schocks, Kollisionen und Irritationen sprühen daher nicht selten aus den Baudelaireschen Flanerien.

Paris also ein lauter, unruhiger, gar unheimlicher Ort: eine »wimmelnde Stadt, Stadt voll von Träumen, / Wo das Gespenst sich am hellen Tag an den Passanten heftet!« [Fourmillante cité, cité pleine de rêves, / Où le spectre en plein jour raccroche le passant!] Und doch bilden gerade die gespenstischen Phantasmen, so erschreckend sie immer wieder sind, das eigentliche Medium des Flaneurs, in dem sich einzurichten eine besondere Gabe poetischer Imagination verlangt. Wenn man diese Gabe

hat, dann kann sich etwas eröffnen, was Walter Benjamin so beschreibt: »Die Straße wird zur Wohnung für den Flaneur, der zwischen Häuserfronten so wie der Bürger in seinen vier Wänden zuhause ist. Ihm sind die glänzenden emaillierten Firmenschilder so gut und besser ein Wandschmuck wie im Salon dem Bürger ein Ölgemälde; Mauern sind das Schreibpult, gegen das er seinen Notizblock stemmt; Zeitungskioske sind seine Bibliotheken und die Caféterrassen Erker, von denen aus er nach getaner Arbeit auf sein Hauswesen heruntersieht.«

Der steinerne Passant

Charles Baudelaire ist wie jeder große Dichter ein wandelndes Rätsel. Liest man über sein kurzes Leben (1821–1867), dann sieht man zuallererst einen zerrütteten, verstörten, hysterischen und kränklichen Dichter und Dandy, der halt- und ortlos durch Paris irrt, gehetzt von einem Hotel in das andere zieht, unglückliche Liebschaften pflegt, das denkbar komplizierteste Verhältnis zu seiner Familie unterhält, stets in schwankenden finanziellen Umständen lebt und für seine Dichtung, besonders sein lyrisches Vermächtnis »*Les Fleurs du Mal*« [*Die Blumen des Bösen*], zu Lebzeiten viel getadelt und gelegentlich gar verfolgt wird. Kurzum, man möchte ihn als einen Gebeutelten und Gescheiterten, übrigens auch als einen Hässlichen, beinahe bedauern, wenn da nicht seine schwarz strahlende, epochemachende Dichtung wäre.

Baudelaire ist der erste große Dichter und Denker der ästhetischen Moderne. Er hat klar umrissen, um was es bei der Suche nach Modernität geht, nämlich darum, »der Mode das abzugewinnen, was sie im Vorübergehenden an Poetischem enthält, aus dem Vergänglichen das Ewige herauszuziehen.« Und so kann es gar nicht anders sein, dass eben der Flaneur prädestiniert dazu ist, diesen poetischen Auftrag zu erfüllen. Baudelaire tut dies beispielsweise in einer Gedichtsammlung unter dem Titel »*Tableaux parisiens*«, in denen Paris als eine so betörende wie bedrohliche Stadtlandschaft erscheint. Der Dichter ringt mit Paris. Er lässt sich von der Stadt verführen und beglücken wie schockieren und verstören. Nicht selten schaut der hypersensible Flaneur an der repräsentativen Pracht der

Fassaden vorbei auf das Verworfene: Kriminelle, Prostituierte, Bettler, auf Vergehendes und Absterbendes. Und manchmal reißt dieses depravierte Paris seine toten Augen auf, wie etwa das Gedicht »*Die Blinden*« [*Les Aveugles*] zeigt:

> *Contemple-les, mon âme; ils sont vraiment affreux!*
> *Pareils aux mannequins; vaguement ridicules;*
> *Terribles, singuliers comme les somnambules;*
> *Dardant on ne sait où leurs globes ténébreux.*

> Betrachte sie, o meine Seele; sie sind wahrlich gräßlich!
> Den Gliederpuppen gleich; ein wenig lächerlich;
> Schrecklich und wunderlich wie Schlafwandler;
> Mit finstren Augenkugeln starrend, niemand weiß wohin.

Baudelaire selbst scheint in seinen erschütterten Lyrismen blind zu sein für die Realien, zumindest für deren Vorrang. Ihm wird die Stadt zur bizarren Traumlandschaft, übergossen von den Schreckbildern einer blankgeriebenen Nervosität, deren Erklärung indes nicht im pathologischen Vokabular ihr Genügen finden sollte. Wie schon gesagt, ist die Melancholie weit mehr als ein psychisches Problem, sie ist ästhetisches Kalkül. Das Schöne muss traurig sein, genauer und mit Baudelaire gesagt, ist es »zugleich voller Trauer und voll verhaltener Glut, etwas schwebend Ungenaues, das der Vermutung Spielraum läßt.« Wie sich das Traurige mit dem Schönen paart, zeigt sich vielleicht am ergreifendsten in einem der berühmtesten *Pariser Bilder*, in dem Sonett »*À une passante*« [*An eine, die vorüberging*]:

La rue assourdissante autour de moi hurlait.
Longue, mince, en grand deuil, douleur majestueuse,
Une femme passa, d'une main fastueuse
Soulevant, balançant le feston et l'ourlet.

Betäubend heulte die Straße rings um mich.
Hochgewachsen, schlank, in tiefer Trauer, hoheitsvoller
                                                    Schmerz,
ging eine Frau vorüber, die mit der Hand gerafft
Den Saum des Kleides hob, der glockig schwang.

Der Betrachter ist betört von dieser Erscheinung, die ihm für eine Sekunde selbst zur »Statue« wird, um sich sofort zu verflüchtigen und auf ewig verloren zu gehen. »O dich hätt ich geliebt, o du hast es geahnt!« Mit diesem Ausruf endet das Sonett, das nun zwar den flüchtigen Moment im Reich der Dichtung verewigen konnte, aber dies um den hohen Preis der Traurigkeit, findet doch die Liebe im Leben keine Erfüllung. So wird Paris selbst zu einem traurigen Sehnsuchtsort, der zwar das Leben in seiner ganzen Fülle und Pracht darbietet, aber nur, um es beinahe im selben Moment wieder zu entreißen. Die Dichtung Baudelaires ist das Denkmal dieses melancholischen Vexierspiels, das den Mythos in der Moderne sucht, erfasst und verliert.

Und so ließe sich fortfahren, von weiteren Abgründen dieser Flanerien sprechen. Es wäre etwa von Baudelaires Hang zum Selbstmord zu sprechen, von dem schwarzen Habit des Dandys, von seinen Rauscherfahrungen, seinen Spleens. Was übrigens dieses Wort *Spleen* angeht, das eine Gruppe seiner Gedichte schmückt, so gilt es als irritierender Import aus dem

Englischen und steht für die Melancholie, den *Ennui*, den Überdruss, die Langeweile. Nun, wer vermöchte es, lange in dieser gramzerfurchten Poesie zu verweilen? Ich ertrage sie nur in kleinen Dosen und will doch meine Reverenz nicht verweigern, da Baudelaire schon zur mythischen Figur gereift ist. In dem Gedicht »*Le Cygne*« [*Der Schwan]* begegnet er uns noch einmal als eine emblematische Gestalt, ein Passant, in Versteinerung begriffen:

Paris change! mais rien dans ma mélancolie
N'a bougé! palais neufs, échafaudages, blocs,
Vieux faubourgs, tout pour moi devient allégorie,
Et mes chers souvenirs sont plus lourds que des rocs.

Paris verändert sich! nichts aber in meiner Melancholie
hat sich bewegt! neue Paläste, Gerüste, Steinblöcke,
alte Vorstädte, alles wird mir zur Allegorie,
und meine liebsten Erinnerungen lasten schwerer als Felsen.

Diese Schwermut, die die ganze Stadt in Allegorien (gleichsam Steine des Gedächtnisses) verwandelt, hat bereits auf Baudelaires Haupt jene schwarze Fahne gehisst, die nunmehr über Paris flattert. Zu dieser Fahne schaue ich empor, wenn ich durch Paris gehe, voll von Hochachtung und nicht weichen wollendem Unbehagen. Denn so vollendet die Baudelairesche Kunst ist, das gespenstische Grauen, das in ihr haust, ist kein vergangenes und vergehendes. Das traurige Gespenst wird wiederkehren und den Flaneuren von Paris wie ein Schatten folgen, auch und gerade wenn sie es nicht gerufen haben.

Unter der schwarzen Sonne

In der ersten Hälfte des 19. Jahrhunderts, etwa zeitgleich mit Baudelaire, hastet ein Dichter durch Paris, an den ich gern erinnere, auch weil er uns mit einer Metaphorik beschenkt, die sich ton sur ton mit den schwarzen Fahnen verträgt. Die Rede ist von Gérard de Nerval, einem schwarzen Romantiker und übrigens vortrefflichen Übersetzer deutscher Lyrik, der fast vergessen ist. Dieser Nerval hat wirklich erschütternde Texte geschrieben, wie etwa denjenigen, auf den ich hier hinweisen möchte: »*Aurelia*«, eine Phantasmagorie in Prosa, die der Dichter gegen Ende seines Lebens zu großen Teilen in einer Nervenheilanstalt verfasst hat.

Publiziert wurde der erste Teil im Januar 1855, dem Monat, in dem sich Nerval im Alter von 47 Jahren in der Rue de la Vieille an einer Laterne erhängte. Nun, mag dieser Text auch das Zeugnis eines Wahnsinns sein, so zeigt er doch ebenso deutlich, dass nicht unerheblich ist, wessen sich der Wahnsinn bemächtigt: In diesem Fall ist es eben ein geistreicher Dichter, und wir haben das Glück, eine so klare wie trunkene Poesie vor uns zu haben, die sich kopfüber in die aufgepeitschten Wogen der Visionen und des Wissens stürzt. Die Geschichte ist mit einem Satz erzählt: Ein junger Mann wird wahnsinnig, weil er die angebetete Aurelia nicht bekommen kann und schließlich gar an den Tod verliert. Baudelaires kruden Phantomen nicht eben unähnlich, tummeln sich nun vor den Augen dieses Getriebenen die Chimären und Gesichte in Paris. Und es ist wohl nicht bedeutungslos, dass Nerval eine Patin dieser geistigen Verfassung benennt: die Melancholie. An einem Tag, an dem die Flammen des Wahnsinns schon an seinem Geist züngeln, rennt er verwirrt durch Paris und sieht bereits schicksalhafte Zeichen, etwa eine Hausnummer, die der Zahl seiner Lebensjahre entspricht, und fällt abends vollkommen erschöpft in einen Schlaf, im welchem ein Albtraum sich als Vorbote immer wilder werdender Träume entspinnt: In diesem Traum irrt der junge Mann rettungslos umher und stößt auf ein grausiges, übermenschliches »Flügelwesen«, das über den Dächern kreist: »Es war von hochroter Farbe, und seine Flügel schillerten in tausend wechselnden Tönen. Von einem langen antiken Faltengewand umhüllt, glich es dem Engel auf Albrecht Dürers ›Melancholie‹. – Unwillkürlich entfuhr mir ein Schrei des Entsetzens, der mich aus dem Schlaf auffahren ließ.«

Im selben Maße, wie sich die sonnenreiche Aurelia aus dem Leben nicht nur des Dichters verliert, verfinstert sich sein melancholisches Universum. Und Paris wird zu einem unheimlichen, nächtlichen Ort, in dem die Gespenster wiedergehen und Sterne nur zu dem Zweck aufzugehen scheinen, den Dichter auf Irrwege zu leiten, auf welchen er den Kontakt zu seinem irdischen Leben zu verlieren droht. Besser nicht weiter im Einzelnen zu referieren sind die sich bedrohlich auftürmenden Visionen, deren überbordendes Wachstum einzig den Gesetzen einer gelehrten Esoterik zu folgen scheint. Und so bleibe ich lieber am Boden von Paris und der Metaphorik, die unsere Flanerie zu erkunden gerade im Begriff ist:

»Auf der Place de la Concorde angelangt, beschloß ich, mich zu vernichten. Mehrmals ging ich auf die Seine zu, doch irgend etwas hinderte mich, mein Vorhaben auszuführen. Die Sterne funkelten hoch am Himmel. Plötzlich schien mir, daß sie alle mit einem Mal erloschen wären, wie die Kerzen, die ich in der Kirche gesehen hatte. Ich war überzeugt, die Zeit sei erfüllt und das in der Offenbarung Johannis verkündete Weltende sei nah herangekommen. Ich glaubte eine schwarze Sonne in dem ausgeleerten Himmel und einen blutroten Ball über den Tuilerien zu sehen.« Am nächsten Morgen wundert sich der Dichter über das Tageslicht, dafür aber hört er die Stimmen eines mystischen Chors, und später wird er noch hieroglyphische Zeichen lesen und sich verlieren in seinen Traumgesichten, durch die, so beschließt er seinen Bericht, hindurchgegangen zu sein, vergleichbar sei mit dem, »was in der Vorstellung der Alten eine Niederfahrt zur Unterwelt war.«

So tragen wir denn aus diesem Höllengemälde den schwarzen Sonnenball davon, und bevor uns die Dichter ähnliche Bälle zuspielen, wollen wir noch rasch einen kleinen akademischen auffangen: Julia Kristeva, bulgarisch-französische Psychoanalytikerin, der wir später noch einmal begegnen werden, hat ein sehr kluges und gutes Buch über die Melancholie und die Depression in der Literatur geschrieben und einen passenden Haupttitel gefunden: »*Schwarze Sonne*«. Nun wählt sie also diese, nicht zuletzt bei Nerval auftauchende Metapher, um gewissermaßen im selben Atemzug die Behauptung aufzustellen: »Die Melancholie ist freilich nicht französisch.« Die Erotik und die Rhetorik seien eher die Gestirne der französischen Literatur. »Pascal, Rousseau und Nerval sind traurige Gestalten und ... Ausnahmen.« Nun, gerade da ich mich anschicken will, all die anderen schwarzen Sonnen am Pariser Firmament aufzuzählen, nicht ohne Grundlegendes zu ihrer philosophischen, politischen, psychologischen und poetischen Konstellation zu sagen und damit die Ausnahme zur Regel selbst zu erklären; gerade also, als ich im tintenschwarzen Licht der Aufklärung den Wahnsinn des Tages zu illustrieren versuche, ruft mich der Teufel zu des Parisers Kern und zischt: Bescheiden wir uns – fürs Erste.

Des Teufels Alchemist

Es scheint so, als hätten die gramerfüllten Geister Nervals und Baudelaires ein paar Wörtchen mitgeflüstert, als sich August Strindberg ein paar Jahrzehnte nach deren (offiziellem) Tod mit dem Teufel in Paris herumschlug. Lesen wir rasch Baudelaires erstes grausiges Gedicht der »*Fleurs du Mal*«, welches an den Leser adressiert ist, wie ein kleines Vorwort, vor allem diese Strophe:

> *Sur l'oreiller du mal c'est Satan Trismégiste*
> *Qui berce longuement notre esprit enchanté,*
> *Et le riche métal de notre volonté*
> *Est tout vaporisé par ce savant chimiste.*

> Auf dem Pfuhl des Bösen ist's Satan der Dreimalgroße,
> der lange unsern Geist wiegt, den verzauberten,
> und das reiche Metall unseres Willens
> löst dieser erfahrene Alchimist in Rauch auf.

Im Bunde mit eben diesem Satan und selbstredend von ihm gepeinigt, taumelt in den 90er Jahren des 19. Jahrhunderts August Strindberg durch die Hölle von Paris. Sein autobiographisch geprägtes Buch »*Inferno*«, das übrigens sehr erfolgreich war, erzählt ebenfalls von einer Zeit der Krise und des Wahnsinns, okkultistischer Visionen und paranoider Anfälle. Ein funkensprühender Text, in dem en passant alle Tugenden des Flaneurs aufgegriffen und ekstatisch überzogen werden. Strindberg lebt nach einer frisch geschiedenen Ehe deprimiert und bedrängt in Paris und versucht sich mal erfolgreich, mal erfolglos in diversen alchemistischen Experimenten. Auch ihm begegnen Gespenster, gute und schlechte Geister, Doppelgänger und Schatten sowie versteckte Helfer und Abgesandte des Teufels. Paris wird dabei zu einem veritablen Fundort der Zeichen. Auch dieser Flaneur liest die Stadt, aber nicht um sie zu verstehen, sondern um sein eigenes Schicksal in ihr gespiegelt zu finden. Es gibt hier keine Zufälle. In Grübeleien versponnen, flaniert der Erzähler:

»Am Abend mache ich in meinem trübseligen Viertel einen Spaziergang und komme auch am Saint-Martin-Kanal vorbei, der schwarz wie ein Grab ist und eigens dazu gemacht scheint, sich darin zu ertränken. An der Ecke der Rue Alibert bleibe ich stehen. Warum Alibert? Wer ist das? War es nicht so, daß der Graphit, den der Chemiker in meiner Schwefelprobe gefunden hatte, auch Alibert-Graphit genannt wurde? ... Und weiter? Es ist lächerlich, aber ich kann mir nicht helfen: der Eindruck, etwas Unerklärliches vorzufinden, bleibt in meinem Sinn haften. Weiter: Rue Dieu. Warum noch ›Dieu‹, wenn Gott doch von der Republik abgeschafft worden ist, die dem Pantheon eine andere als seine ursprüngliche Bestimmung gegeben hat ...? Rue Beaurepaire: wahrhaftig, ein ›schöner Aufenthalt‹ für Verbrecher! ... Rue de Bondy ... Lenkt mich der Teufel? ... Ich höre auf, die Straßennamen zu lesen; ich verirre mich ...«

Und er findet immer mehr Dinge und Zeichen, einmal etwa seine Initialen in einem Ladenfenster, dann Zahlenkombinationen, die ihm okkulte Botschaften vermitteln, schließlich den Namen eines Chemikers und Toxikologen namens Orfila, dessen Schriften ihn auf weitere Fährten setzen, zum Beispiel

auch auf eine, die ihn schließlich in ein Hotel mit demselben Namen führt. »Wieder und wieder Orfila!« Die Gespenster, so heißt es einmal, begnügten sich nicht mehr mit dem Versenden von Visionen, sie würden handfeste Belege schicken. Und so treibt dieser Geisterseher durch Paris und verwandelt es selbst in ein Labyrinth höllischer Hieroglyphen. Strindbergs Phantasmagorien, jene Einflüsterungen von Phantomen, sind auch hier wieder nicht nur Zeichen einer pathologischen Natur, sondern quasi-alchemistische Prozesse, in denen die Wirklichkeit wie in einem Tiegel pulverisiert und transformiert wird in Poesie. Und Paris bildet das Laboratorium dieses Wahnsinns.

Sollte es übrigens ein Zufall sein, dass ich Strindbergs »*Inferno*« erst wieder zur Hand nahm, als ich mich erinnerte, dass er einmal ein Buch geschrieben hat mit dem Titel »*Schwarze Fahnen*«? Und ist es der Rede wert, dass ich gleich in der ersten Zeile dieses Buches, das leider gar nichts mit Paris zu tun hat, das Wort »Gespensterdiner« las?

Der mit der Angst ringt

So gern wir ihn nun, da wir das 20. Jahrhundert betreten, verabschiedeten: Der Teufel hat seinen Stadtplan fester denn je im Griff. Wie anders lassen sich die Schrecken erklären, die Rainer Maria Rilke gleich zu Beginn seines ersten längeren Pariser Aufenthalts im Jahre 1902 übermannen. Da beschleicht den empfindsamen Dichter nicht allein der urbane Trübsinn: »Diese Stadt ist sehr groß und bis an den Rand voll Traurigkeit.« Darüber hinaus regiert ein Entsetzen, das in ihm vor allem das soziale Elend der großen Stadt erregt. Und es wundert nicht, dass Charles Baudelaire als nächtliches Gespenst mit Rilke in Dialog tritt, ist er Letzterem zwar oft fremd und unverständlich – und doch »manchmal tief in der Nacht, wenn ich seine Worte nachsprach wie ein Kind, da war er mein Nächster und wohnte neben mir und stand bleich hinter der dünnen Wand und hörte meiner Stimme zu, die fiel.« Diese Phantasie findet sich in einem der berühmtesten Paris-Briefe Rilkes an Lou Andreas-Salomé vom 18. Juli 1903. Rilke blickt hier auf seine erste Zeit in Paris zurück, jene Zeit, in der er mit Auguste Rodin zusammentraf, und formuliert Sentenzen und Motive, die sich später in seiner Lyrik und den *»Aufzeichnungen des Malte Laurids Brigge«* wiederfinden. Ich zitiere hier aus dem Brief auch deshalb, weil die Sätze noch etwas ungebändigter und gleichsam verstörter wirken als ihre überarbeitete Fassung im *»Malte«*:

»Da ging ich an den langen Hospitälern hin, deren Thore weit offen standen mit einer Gebärde ungeduldiger und gieriger Barmherzigkeit. Als ich zum ersten Mal am *Hotel Dieu* vorüber-

kam, fuhr gerade eine offene Droschke ein, in der ein Mensch hing, schwankend bei jeder Bewegung, wie eine zerbrochene Marionette schief, und mit einem schweren Geschwür auf dem langen, grauen, hängenden Halse. Und was für Menschen bin ich seither begegnet, fast an jedem Tage; Trümmern von Karyatiden, auf denen noch das ganze Leid, das ganze Gebäude eines Leides lag, unter dem sie langsam wie Schildkröten lebten … Und sie trugen das trostlose, mißfarbene Mimicry der übergroßen Städte und hielten aus unter dem Fuß jedes Tages, der sie trat wie zähe Käfer, dauerten, als ob sie noch auf etwas warten müßten, zuckten wie Stücke eines zerhauenen großen Fisches, der schon fault, aber immer noch lebt … O was ist das für eine Welt. Stücke, Stücke von Menschen, Theile von Thieren, Überreste von gewesenen Dingen und alles noch bewegt, wie in einem unheimlichen Winde durcheinandertreibend, getragen und tragend, fallend und sich überholend im Fall.«

Und dann beschreibt Rilke die Details der sozialen Tristesse: arme alte Frauen etwa, die rostige Stecknadeln und alte Bleistifte feilbieten, und andere eigenartige Gestalten, denen nicht selten der Wahnsinn in den Augen glimmt. Der herausragende Protagonist dieses urbanen Alptraums ist aber zweifellos jener Veitstänzer, eine mit unkontrollierbaren Zuckungen und Ticks ringende Gestalt, der Rilke eines Morgens auf dem Weg zur Nationalbibliothek begegnet, der er dann auch folgt und die er erst aus den Augen verliert, als ihn eine gaffende Menge wegschiebt, die sich um den Rasenden schart. Und dann: »Ich stand eine Weile an das Brückengeländer gelehnt und schließlich ging ich zurück in mein Zimmer; es hätte keinen Sinn mehr gehabt, nach der Bibliothek zu gehen. Wo giebt es ein Buch, das stark genug gewesen wäre, mir über das fortzuhelfen, was in mir war. Ich war wie verbraucht; als hätte die Angst eines anderen sich aus mir genährt und mich erschöpft, so war ich.« Auch hier jagen die Teufel von Paris wieder einmal einem empfindsamen Dichter eine große blanke Angst ein, offenkundig eine Daseinsempfindung, die markant ist für die moderne condition humaine.

In seinem dritten »Stundenbuch«, dem »Buch von der Armut und vom Tode«, werden diese desaströsen Großstadterfahrungen überführt in eine lyrische Anklage gegen die urbane Moderne schlechthin, eine Anklage übrigens, der wir uns weniger denn je entziehen können:

> Die Städte aber wollen nur das Ihre
> und reißen alles mit in ihren Lauf.
> Wie hohles Holz zerbrechen sie die Tiere
> und brauchen viele Völker brennend auf.
>
> Und ihre Menschen dienen in Kulturen
> und fallen tief aus Gleichgewicht und Maß,
> und nennen Fortschritt ihre Schneckenspuren
> und fahren rascher, wo sie langsam fuhren,
> und fühlen sich und funkeln wie die Huren
> und lärmen lauter mit Metall und Glas
>
> Es ist, als ob ein Trug sie täglich äffte,
> sie können gar nicht mehr sie selber sein;
> das Geld wächst an, hat alle ihre Kräfte
> und ist wie Ostwind groß, und sie sind klein

und ausgeholt und warten, daß der Wein
und alles Gift der Tier- und Menschensäfte
sie reize zu vergänglichem Geschäfte.

So etwas schreibt also unser feinsinniger Dichter, den man
schon so oft verkitscht hat, um ihm dann wie zur Strafe für die
eigene Übertreibung den Kitsch noch vorzuwerfen. Natürlich
dürfen wir uns auch hier noch an die bekannten Pariser Impressionen aus den »*Neuen Gedichten*« erinnern: ja, klar, an
den traurigen schwarzen »*Panther*«, der in der Nähe der
»*Flamingos*« im Jardin des Plantes den müden Blick hebt; oder
an jenen »*Blinden*«, der durch die Stadt »wie ein Sprung durch
eine helle Tasse geht«; oder an das »*Karussell*« im Jardin du
Luxembourg, die kleine heiße Hand des Jungen, der auf dem
Löwen reitet. Und man wird dabei der ganzen Meisterschaft
Rilkes begegnen und in ihr einem Paris, das nun nicht mehr
blutet, sondern überfirnisst ist von einer poetischen Melancholie, die auch hier wieder Allegorien wie Zelte aufschlägt,
in denen man vielleicht nicht wohnen kann, aber für einen
Moment innehalten.

Vor dem Abgrund

O Herr, gieb jedem seinen eigenen Tod.« Dieser Ausruf Rilkes verhallt nicht.

In den 20er und frühen 30er Jahren des 20. Jahrhunderts, in der Zeit zwischen den beiden großen Kriegen, haben sich ein paar deutsche Flaneure nach Paris aufgemacht, um dort das richtige Laufen, Lesen und Schreiben zu lernen. Zwei von ihnen, Siegfried Kracauer und Franz Hessel, haben literarische Flanerien, mustergültige Exempel der kleinen Form, abgelegt, und der Dritte im Bunde hat Paris als einen Kosmos, als Hauptstadt des 19. Jahrhunderts, in historischer und philosophischer Manier gewürdigt: Walter Benjamin. Diese drei Paris-Kenner haben sich also geschult und übrigens in der Übertragung ihrer Perspektiven maßgeblich zur literarischen Urbanisierung Berlins beigetragen, bevor sie alle drei von den Nazis ins Exil gejagt wurden. Und so kann es nicht wundernehmen, dass das Paris der Vorkriegszeit in ein Zwielicht gerät, in welchem die Flaneure, der Ahnungen voll, sich mit einer gewissen Obsession der großen Historie der Stadt zukehren und nicht selten erstarren.

Der kleine Verweigerer

Besonders Franz Hessel, der mit Benjamin in den 20er Jahren an dessen Passagenprojekt arbeitete, das Werk Baudelaires kannte und Proust übersetzte, zeigt sich der Pariser Flaneurtradition erkenntlich, ohne sich von ihr einschüchtern zu lassen. Tatsächlich propagiert er in seinen poetischen Flanerien immer wieder den »ersten Blick« – und dies auch und erst recht in »ernsten Zeiten«. Einmal schreibt er: »Also eine Art Lektüre ist die Straße. Lies sie. Urteile nicht. Finde nicht zu schnell schön und häßlich. Das sind ja alles so unzuverlässige Begriffe. Laß dich auch täuschen und verführen von Beleuchtung, Stunde und dem Rhythmus deiner Schritte.«

Wohin also führt die Flanerie diesen Straßenleser? In Zwischenreiche, zwischen gestern und heute, zwischen Zeichen und Dinge – ins Unfassbare, auch Unheimliche, wo der Flaneur selbst zum Magier wird, der verwandelt, was er bespricht.

Was aber macht Franz Hessel nun in Paris? In seiner »Vorschule des Journalismus« von 1929 beschreibt er, wie er nach längerer Zeit nach Paris zurückkehrt, und zwar mit dem Auftrag, Journalistisches über die Stadt zu verfassen. Der Text, im Untertitel »Ein Pariser Tagebuch«, handelt nun von den ersten und letzten freien Tagen, an denen der angehende Journalist noch nicht mit dem Blick des Verwertenden durch die Straßen läuft, sich stattdessen seinen Erinnerungen an den zurückliegenden, gänzlich unbeschwerten Aufenthalt wehmütig hingibt, alte Freunde von damals besucht, Bekannten begegnet, ins Theater geht. Noch will er also seine Eindrücke um keinen Preis »festhalten«. Da ist ein Theatererlebnis »nicht *zu brauchen*«;

und nach dem Besuch einer Runde von Balzac-Forschern »kam klein und witzig der Gedanke, ob ich nicht ein wohlbeschaffenes Feuilleton aus der Zeitverwirrung, der Holztreppe, den Grauköpfen um Balzac und meiner Einsamkeit machen könnte. Aber davor lief ich davon.« Kurzum, Flanieren ist eine Gabe und kein Deal: »Warum treib ich mich auf armen Boulevards, in alten Gassen herum, statt durch die Avenue des Champs Elysées zu promenieren? Warum geh ich dieselben Wege in den alten Gärten wie damals? Darüber kann ich doch nichts schreiben. Ich müßte in die Kammer, auf den Rennplatz, das Flugfeld. Ich kann nicht – ich müßte denn einfach dahin geraten. Was ist das für eine Sippe oder Abart, die nicht suchen will, sondern immer nur finden? Wir Fatalisten des Zufalls glauben geradezu: Suchet nicht, so werdet ihr finden. Nur was uns anschaut, sehen wir. Wir können nur – wofür wir nichts können.«

Es ist dies also eine Flanerie, die sich schweifend den Zufällen ergibt, auf dem doppelten Boden von Gegenwart und Vergangenheit wandelt und die Dinge in Zeichenspielen verzaubert. Jenseits einer Ökonomie, nach deren Gesetzen ein Text sich als informatives und unterhaltsames Material dem raschen Verzehr darzubieten hat, gedeiht erst die kleine, widerborstige, literarische Form.

Die Flanerie als Müßiggang wird damit zum Politikum im Sinne einer kritischen Verweigerung. Denn sie verschwendet Zeit und Energie und mag sich an keinen Auftrag mehr binden. Die Flaneure wissen um den prekären Status ihres Tuns und verteidigen ihn eher leise als laut. Auch sie beflaggen Paris mit ihrer Melancholie, mit freilich kleinen Fähnchen. Wer kennt heute schon noch Franz Hessel? Und wer Siegfried Kracauer?

Der fliehende Flaneur

Kracauer, der auch als Soziologe und Filmhistoriker einen Namen erlangt hat, hat ein paar wunderbare Essays (übrigens auch einen großen über Jacques Offenbach und das Paris seiner Zeit), Romane und eben auch Flanerien geschrieben. Sein Personal ist von großer Traurigkeit geprägt. Sein kritischer Blick auf die Moderne wirft sich auf ihre Verluste und Rasereien. Ihnen setzt er die versteinernde Macht der dichterischen Melancholie entgegen. Ein mattes Aufbegehren. Denn die Langsamkeit des Kracauerschen Flaneurs, seine langen Aufenthalte und Blicke auf den Schwellen von Raum und Zeit, Traum und Wirklichkeit haben im wachsenden Bewusstsein der Ohnmacht statt. In den letzten Jahren vor der nationalsozialistischen Machtübernahme entfaltet sich ein wahrer Baudelairescher *Spleen* im Geist und Herzen des Kracauerschen Flaneurs, ein Spleen, der immer wieder in blanke Angst umschlägt. 1930 entsteht eine »*Erinnerung an eine Pariser Straße*«, deren Fluchtpunkt denn auch ganz allein eben diese Angst ist.

Der Erzähler erinnert sich an eine namenlose Straße, in die ihn »nicht eigentlich ein Zufall, sondern der Rausch« führte. »Ich glaubte ein Ziel zu haben, aber ich hatte das Ziel zu meinem Unglück vergessen.« Ihm wird die ganze Stadt zum monströsen Labyrinth, und die Pariser Viertel und Straßen erscheinen ihm »verwickelt wie alte, unverständlich gewordene Gebrauchsdinge, ineinandergeschachtelt und, fremden Schriftzeichen gleich, kaum zu entziffern.« Als er in eine kleine Seitenstraße einbiegt, wird er von den schleichenden Vorboten der Angst berührt; er spürt, dass »unsichtbare Netze« ihn auf-

halten und die Straße ihn »nicht frei« gibt. Dort findet er ein seltsam verwaistes Hotel, und es verfolgen ihn anonyme Blicke, von denen eine »schreckliche Gewalt« auszugehen scheint. Plötzlich drängt sich ihm ein Bild auf: »Ein junger Mann sitzt auf einem Stuhl mitten in einem Zimmer. Das Zimmer ist ein Hotelzimmer. Es enthält ein Bett, das benutzt worden ist, einen Waschtisch und einen Schrank. Die Gegenstände harren wie angewurzelt und starren mich so aufdringlich an, als seien sie überdeutlich gemalt. Das schmutzige Waschwasser ist ein Teich ohne Abfluß, der Schrank trägt seine Kratzer und Risse schamlos zur Schau. Zu Füßen des jungen Mannes kauert ein offener halbgepackter Koffer, in den eilig Wäsche hineingestopft worden sein muß. Umringt vom Mobiliar, hat der Sitzende seinen Kopf in die Hände gestützt.« Auch hier haben wir es wieder mit einer emblematischen Gestalt zu tun, die wie Dürers Engel der Melancholie und natürlich wie die verstörten und heruntergekommenen Figuren Baudelaires vor Angst und Traurigkeit gelähmt ist. Der Erzähler wendet sich ab von diesem Bild und stürzt sich in den Tumult einer benachbarten Straße, wird allerdings verfolgt von dem Anblick jenes jungen Mannes, kehrt sogar um, entsetzt sich neuerlich und flieht für immer.

Ach, Paris, wo ist nur deine ganze Pracht geblieben. Solcherart leer geräumt und reduziert auf eine anonyme Szenerie des Schreckens, wird hier nicht allein willkürlich etwas zu Ende gebracht. Wie gesagt, die deutsche Katastrophe wirft ihre ersten Schatten auf Europa, und da kann man sich am besten nur noch in die Bibliothek begeben, um zwischen den Büchern und Schriftzeichen von der vergangenen Pracht zu träumen.

Der traurige Kosmologe

W alter Benjamins Zufluchtsort war gerade in den Zeiten seines Pariser Exils die Nationalbibliothek. In äußerst prekären Verhältnissen in Montmartre lebend, hielt sich der jüdische Intellektuelle vornehmlich bei seinem letzten großen, Fragment gebliebenen Werk auf: dem Passagen-Werk, an dem er einige Jahre schon gearbeitet hatte. Darin sammelt er zu und um die Pariser Passagen herum eine schier unendliche Menge von Materialien, Zitaten, Impressionen und Reflexionen und behaust sich darin ein letztes Mal, bevor der deutsche Sturm nach Paris jagt – und Benjamin aus der Stadt, in die Pyrenäen, wo er sich 1940 das Leben nimmt.

Es ist klar, wie überlebenswichtig diese Stadt für Benjamin war, auch er übrigens Zeit seines erwachsenen Lebens ein Melancholiker. Vor allem der Kontakt mit dem in ihr wirkenden »Geist«, welcher »den Büchern verwandt ist«, belebt ihn bis zuletzt. Benjamin ist einer der größten Leser der Stadt, ihrer Geheimnisse zumal und ihrer Phantasmen. Mit seinen Passagen, in welchen auch in seinen Augen nichts als »Stadtgespenster« wiedergehen, hat er eine Konstruktion geschaffen, die, wie es heute aussieht, ihrerseits der Stadt einen Hort im kulturellen Gedächtnis gibt. Man lese nur diese epische Eröffnung, in der Licht und Schatten miteinander tanzen:

»In der Avenue des Champs-Elysées zwischen neuen Hotels mit angelsächsischen Namen wurden vor kurzem Arkaden eröffnet und die neueste Pariser Passage tat sich auf. Zu ihrer Einweihung blies ein Monstreorchester in Uniform vor Blumenparterres und Springbrunnen. Man staute sich stöhnend über Sandsteinschwellen an Spiegelscheiben entlang, sah künstlichen Regen auf kupferne Eingeweide neuester Autos fallen, zum Beweis der Güte des Materials, sah Räder in Öl sich schwingen, las auf schwarzen Plättchen in Straßchiffren Preise der Lederwaren und Grammophonplatten und gestickten Kimonos. In diffusem Licht von oben glitt man über Fliesen. Während hier dem modischsten Paris ein neuer Durchgang bereitet wurde, ist eine der ältesten Passagen der Stadt verschwunden, die Passage de l'Opéra, die der Durchbruch des Boulevard Haussmann verschlungen hat. Wie dieser merkwürdige Wandelgang es bis vor kurzem tat, bewahren noch heute einige Passagen in grellem Licht und düsteren Winkeln raumgewordene Vergangenheit.«

Und dann setzt sie ein, die detailversessene Lektüre, die Zeichen, Zeiten und Gegenden miteinander verbindet. Und doch findet hier kein bloßes Sammeln und Nachhalten all des Überbordenden statt, sondern dessen so reflektierte wie poetische Durchdringung. Der Protagonist dieses Denkens ist auch hier der Flaneur, der als Student den Spuren im Labyrinth nachgeht. Einsam und oft müßig verfällt der Student in ein langes Brüten, das seinerseits nichts als der Ausweis seiner Melancholie ist.[*] Dem Benjaminschen Flaneur ist die Straße seiner Reflexion abschüssig; er blickt zurück und birgt noch, was sich entzieht, indem er es träumend verwandelt. Als melancholische Allegorie dieses Tuns mag folgender Passus gelesen werden:

---

[*] Wenn man übrigens bedenkt, dass in der heutigen Universität der für das Studium unabdingbare Müßiggang verboten ist, muss man sich fragen, wer dereinst noch die Passagen Benjamins wird durchstreifen können – und nicht nur sie.

»Man zeigte im alten Griechenland Stellen, an denen es in die Unterwelt hinabging. Auch unser waches Dasein ist ein Land, an dem es an verborgnen Stellen in die Unterwelt hinabgeht, voll unscheinbarer Örter, wo die Träume münden. Am Tage gehen wir nichtsahnend an ihnen vorüber, kaum aber kommt der Schlaf, so tasten wir mit geschwinden Griffen zu ihnen zurück und verlieren uns in den dunklen Gängen. Das Häuserlabyrinth der Stadt gleicht am hellen Tage dem Bewußtsein; die Passagen (das sind die Galerien, die in ihr vergangenes Dasein führen) münden tagsüber unbemerkt in die Straßen. Nachts unter den dunklen Häusermassen aber springt ihr kompakteres Dunkel erschreckend heraus; und der späte Passant hastet an ihnen vorüber, es sei denn, daß wir ihn zur Reise durch die schmale Gasse ermuntert haben.«

Benjamin ist ein Denker der »Konstellation«, ein Wort, in dem das lateinische Wort für Stern, »stella«, steckt. Mag sein, es ist dies eine allzu rasch vorgenommene Reduzierung, aber für mich ist er zuletzt der große Deuter des Pariser Gestirns. Paris verwandelt sich unter seiner Feder in einen Kosmos, und so ist Benjamin sein erster Kosmologe. Er selbst hat sich in dieses Firmament eingetragen. Und mag sein Stern auch geschwärzt sein, untergehen wird er nicht. Somit gilt für diesen Denker und Dichter, was er selbst für sein Projekt festhielt: »Das Pathos dieser Arbeit: es gibt keine Verfallszeiten.«

Im Abgrund

Wenn ich zurückblicke auf das Paris des Krieges und der Deportationen, dann sehe ich es beinahe nicht. Die schwarzen Fahnen heben sich in der Jahre währenden Nacht nicht vom Himmel über Paris ab. Es ist kaum zu betonen, dass bis heute ihre Farbe nicht mehr die alte ist. Vielleicht ist sie grauer geworden. Aber ich weiß, dass es Farben gab. Ich lese dies in den Berichten der Zeugen, die Paris und das, was geschah, gesehen haben. Besonders einer Stimme, deren Tagebuch jüngst in deutscher Sprache erschienen ist, möchte ich folgen: Hélène Berr. Sie wäre eine große Schriftstellerin geworden.

Es ist ein ungewöhnlich warmer Frühling in Paris 1942. Hélène Berr ist gerade 21 Jahre alt geworden. Eine junge Frau aus, wie man sagt, gutem Hause. Sie studiert an der Sorbonne Englisch. Sie spielt Violine. Sie hat regen Kontakt zu ihren Kommilitonen. Den berühmten Dichter und Philosophen Paul Valéry hat sie um eine Widmung gebeten. Am 7. April holt sie das signierte Buch bei ihm ab. Die Widmung lautet: »Beim Erwachen, so milde das Licht, und so schön dies lebendige Blau.« Das steht als zerbrechliches Motto über diesem Frühling. Paris ist der jüdischen Studentin in diesen Tagen eine »Zauberwelt«. Und es kann nicht fehlen, dass alsbald die große Liebe zu blühen beginnt. Jean Morawiecki, an den dieses Tagebuch zuletzt adressiert ist und der es aufbewahren wird, tritt in Hélènes Leben. Einmal, im Mai, lesen sie zusammen ein Gedicht Heinrich Heines »Ich hab im Traum geweinet«. Und natürlich gehen sie spazieren, verweilen, lachen, sprechen, musizieren. Eine zarte kultivierte Pariser Liebe.

Am 1. Juni 1942 erreicht die junge Frau die Nachricht von dem gelben Stern, den sie fortan tragen soll. Sieben Tage später notiert sie:

»Heute ist der erste Tag, an dem ich wirklich das Gefühl habe, in Ferien zu sein. Das Wetter ist strahlend schön, sehr kühl nach dem Gewitter von gestern. Die Vögel zwitschern, ein Morgen wie der bei Paul Valéry. Auch der erste Tag, an dem ich den gelben Stern tragen werde. Das sind die beiden Seiten des gegenwärtigen Lebens: die Frische, die Schönheit, die Anfänge des Lebens, verkörpert in diesem klaren Morgen; die Barbarei und das Böse, dargestellt durch diesen gelben Stern.«

Der gelbe Stern wird fortan nicht mehr vom Pariser Firmament verschwinden. Allein das Gehen durch die Straßen wird zur Herausforderung: immer wieder die neugierigen Blicke der Menschen, und einmal das Anschnauzen des Kontrolleurs in der Metro, der ihr bedeutet, wohin sie als Jüdin gehört: »Letzter Wagen.« Aber auch die freundliche Postangestellte, die sagt: »Kopf hoch, so sind Sie noch viel hübscher als vorher.« Doch Hélène gewöhnt sich fast an diesen Zustand. Sie hat so viel zu tun.

Der nächste Schlag erfolgt Ende Juni, da ihr Vater verhaftet wird. Ende September wird er noch einmal zurückkommen in die Familie Berr. Hélène lebt in einer Art Zwischenreich in diesem Sommer – zwischen wachsenden Sorgen und Nöten einerseits und der aufkeimenden Liebe zu Jean andererseits. Ja, und dann ist da noch dieses Paris selbst: »Es war herrliches Wetter. Ich verstand diese ganze Schönheit von Paris an einem strahlenden Junimorgen nicht mehr so recht. Bei Katastrophen herrscht immer schönes Wetter.«

Freitag, 10. Juli. Wieder Demütigungen seitens eines Metro-Kontrolleurs. Und: »Die Juden dürfen auch die Champs-Élysées nicht mehr überqueren. Theater und Restaurants sind ihnen verschlossen. Die Nachricht ist in einem natürlichen und scheinheiligen Ton abgefasst, als wäre es eine vollendete Tatsache, dass in Frankreich Juden verfolgt werden, eine unbestrittene Tatsache, anerkannt als eine Notwendigkeit und ein Recht.«

Hélène hat inzwischen eine Stelle als ehrenamtliche Sozialhelferin in einem Büro, das sich um die Internierten des nahegelegenen Lagers Drancy und um deren Angehörige kümmert, Kinder vor allem. Auf diese Weise kennt sie die Lage genau, will aber ebensowenig wie ihre Familie fliehen, stattdessen bleiben und helfen. Und Kraft schöpft sie aus ihrer Liebe, den gemeinsamen Nachmittagen mit Jean:

»Ich bin mit ihm zur Kirche Saint-Séverin gegangen, dann sind wir über die Quais geschlendert, haben uns in den kleinen Park hinter Notre-Dame gesetzt. Es herrschte ein unendlicher Frieden. Aber wir sind vom Parkwächter vertrieben worden, wegen meines Sterns. Da ich mit ihm zusammen war, habe ich diese Kränkung gar nicht begriffen, und wir sind weiter über die Quais spaziert. Am Ende ist das drohende Gewitter losgebrochen. An dieses Gewitter werde ich mich immer erinnern, an das Rauschen der Regenmassen, die von den Stufen der Tuilerien herunterströmten, an den dunklen Himmel und an die rosafarbenen Blitze, ich hätte jahrhundertelang so bleiben können.«

Am 23. September schreibt sie über die zweite große Deportation der Pariser Juden. Diese habe »etwas viel Grauenvolleres als die erste, sie ist das Ende der Welt. Wie viele Lücken um uns herum! Heute hätte ich fast mein Gleichgewicht verloren, ich spürte, dass ich wegsackte, dass der Augenblick nahe war, da ich mich nicht mehr unter Kontrolle habe; allmählich kenne ich dieses Gefühl. Aber jetzt ist nicht der Augenblick, dem nachzugeben.«

Dann schreibt Hélène fast zehn Monate nicht mehr. Erst im August 1943 beginnt sie wieder. Die Lage hat sich verschlimmert. Der Verlobte Jean ist nach Spanien in den Krieg gezogen. Nunmehr schreibt sie noch, um die Tatsachen festzuhalten. Sie liest viel (vor allem Keats), bereitet sich auf ihre Dissertation vor, und sie denkt nach. Nun ist wirklich der letzte Rest Leichtigkeit dahin. »Die große Entdeckung, die ich dieses Jahr gemacht habe, ist die Vereinsamung. Das Problem: die Kluft zu überwinden, die mich jetzt von jedem, den ich sehe, trennt.« Wie mitteilen, was sie sieht und hört, ohne dafür nur Mitleid zu ernten? Und noch so ein Satz, der haften bleibt: »Ich denke an die Geschichte, an die Zukunft. *An die Zeit, wenn wir alle tot sein werden.*«

Mittwoch, 27. Oktober: »Montagmorgen sind fünfundzwanzig Familien am Boulevard Beaumarchais verhaftet worden, ohne den geringsten ›Anlass‹. Die Wohnungen sind sofort versiegelt worden. Wenn das hier geschieht, würde ich gern meine Geige retten, die rote Schreibmappe, in die ich Jeans Briefe getan habe, und diese Seiten, und die wenigen Bücher, von denen ich mich nicht habe trennen können.«

Und schließlich geht es eben wieder um das Verschwinden und darum, dass Jean das Tagebuch bekommen soll. Sie fügt hinzu: »Wenn ich ›verschwinden‹ schreibe, denke ich nicht an meinen Tod, denn ich will leben; soweit es in meiner Macht steht. Selbst deportiert, werde ich ständig daran denken zurückzukommen. Wenn Gott mir nicht das Leben nimmt und wenn, was so böse wäre und Beweis eines nicht mehr göttlichen Willens, die Menschen es mir nicht rauben.«

Am 28. Oktober, 1943, notiert sie: »Ich habe in der Metro heute gedacht: Werden sich viele Leute vorstellen können, was es bedeutet hat, in diesem entsetzlichen Sturm zwanzig zu sein, ein Alter, in dem man bereit ist, die Schönheit des Lebens anzunehmen, in dem man ganz und gar bereit ist, den Menschen sein Vertrauen zu schenken? Werden sie sich das Verdienst vorstellen können (ich sage das ohne Scham, weil ich ganz genau weiß, was ich bin), das Verdienst, das es bedeutet hat, sich in diesem Albtraum ein unvoreingenommenes Urteil und ein weiches Herz zu bewahren?«

Und dann finden wir eine echte Pariser Flanerie, die nunmehr als Stolperstein im Gedächtnis haften bleibt: »Die Sonne war durchgekommen und der Himmel blau. Es gab eine verschwenderische Fülle von Gold, die letzten Blätter der Kastanien waren kupferfarben, das Gras der Wiesen smaragdgrün, der Himmel klar, leuchtend, leicht, die knittrigen Blätter rochen stark, und überall in der Luft die ein wenig beißende und so herbstliche Würzigkeit der Feuer aus trockenem Laub. Die lichtgesprenkelte Seine war von irrealer Schönheit, zerbrechlich, grandios.

Auf der Place de la Concorde bin ich so vielen Deutschen begegnet! mit Frauen, und trotz meines Willens, unvoreingenommen zu sein, trotz meines Ideals (das wirklich ist und

tief verankert) erfasste mich eine Welle nicht von Hass, denn
Hass kenne ich nicht, sondern von Empörung, Abscheu, Ver-
achtung. Diese Männer haben, ohne es auch nur zu begreifen,
ganz Europa die Lebensfreude geraubt. Sie passten so wenig zu
dieser leuchtenden und zerbrechlichen Schönheit von Paris …«
Und weiter unten: »Doch als ich unter die Arkaden trat und
spürte, welche engen Bande, welche Wesensverwandtschaft,
welches Verständnis und welche gegenseitige Liebe mich mit
den Steinen, dem Himmel, der Geschichte von Paris verein-
ten, flammte Zorn in mir auf bei dem Gedanken daran, dass
diese Männer, diese *Fremden*, die weder Paris noch Frankreich
jemals verstehen werden, behaupten, ich sei keine Französin,
und der Meinung sind, Paris stehe ihnen zu, die Rue de Rivoli
gehöre ihnen.«

Am 13. Januar 1944 steht über Paris nichts anderes denn
eine schwarze Sonne: »Heute Abend komme ich nach Hause,
erdrückt von dem vollen Wissen um die Wirklichkeit. Es gibt
Augenblicke, in denen wird mir alles voll und ganz bewusst,
und dann scheint mir, dass ich mich abkämpfe in einem Ozean
unter einem schwarzen Himmel, ohne einen Funken Licht.
Dieses Gefühl hatte ich sehr oft (ich erinnere mich, damals,
bei den Kinder-Razzien im letzten Februar).«

Am 8. März 1944 wird Hélène mit ihren Eltern verhaftet
und am 27. März, an Hélènes 23. Geburtstag, nach Auschwitz
deportiert. Die Eltern sterben bald. Hélène wird im November
nach Bergen-Belsen verlegt. Sie erkrankt dort an Typhus und
wird eines Morgens im April 1945 so furchtbar geschlagen, dass
sie stirbt – fünf Tage vor der Befreiung des Lagers durch die
Engländer.

Es ließen sich zu diesem so singulären wie exemplarischen Tagebuch noch viele Pariser Nachworte finden und zitieren. Auf die beiden folgenden will ich nur hinweisen:

Kurz nach Kriegsende steht Marguerite Duras am Fenster ihrer Pariser Wohnung, in der ihr Mann, der heimgekehrte Lagerhäftling, mit dem Tod ringt; sie blickt hinab auf die Passanten und fragt sich, wie sie nicht merken können, was hier vorgeht. Der Text hat den Namen »*Der Schmerz*«.

Sarah Kofman, eine Pariser Professorin der Philosophie, versucht Jahre später, ihres jüdischen Vaters zu gedenken, der interniert und ermordet worden ist, wobei sie gleich zu Beginn fragt, wie sie über ihren Vater überhaupt schreiben soll und wie nicht. Sie gibt dem ganzen Buch den Titel »*Erstickte Worte*«. Im Jahre 1994 publiziert Kofman ihre fragmentarische Autobiographie »*Rue Ordener, Rue Labat*« und bringt sich noch im selben Jahr um.

Wenn ich über die Pariser Melancholie in und nach dem Krieg spreche, dann endgültig nicht mehr von einem subjektiven Gefühl, sondern von einer unheimlichen Objektivität (die sich freilich nicht auf diese Stadt beschränkt). Allein der Titel eines die Shoah kommentierenden Buches von Maurice Blanchot korrespondiert mit den Himmelskörpern, die wir bereits über Paris erblickt haben, vor allem mit den Sternen. Es heißt »*Die Schrift des Desasters*«, und es ist mit diesem Wort »Des-Aster« das lateinische »de astris« aufgerufen, womit das angezeigt ist, was den Sternen fern ist. Und da in dem solcherart geräumten Himmelszelt nurmehr die schwarze Sonne scheint, mag zitiert werden, was in ihrem Licht, und das soll heißen in jenem eben

»*Schwarze Sonne*« betitelten Melancholie-Buch von Julia Kristeva, zum Stand der Nachkriegsliteratur geschrieben steht – eine Passage übrigens, die ihrerseits einen besonders unheimlichen Aspekt dieser Metaphorik hervortreten lässt: nämlich das Moment der Unsichtbarkeit:

»Worum es fortan in Literatur und Kunst zentral gehen wird, ist jene Unsichtbarkeit der Krise, die über die Identität der Person, der Moral, der Religion wie der Politik hereinbricht. Gleichermaßen religiös wie politisch, findet diese Krise ihren radikalen Ausdruck in der Krise des Sinns… Nach der eher spielerischen und dennoch immer auch politisch motivierten Abschweifung des Surrealismus hat die Aktualität des Zweiten Weltkriegs durch die Explosion von Tod und Wahnsinn, die augenscheinlich durch keine Barriere ideologischer oder ästhetischer Natur mehr einzudämmen war, das Bewußtsein aller verroht. Es handelte sich um einen Druck, der seinen inneren und unausweichlichen Niederschlag im psychischen Schmerz fand. Empfunden wurde er als unabwendbare Dringlichkeit und blieb dabei doch unsichtbar…«

Die Nächte des Verfemten

Unheimlich ist es auch, dass wir nun einem Dichterphilosophen begegnen, der den realen Weltenbrand der NS-Zeit vielleicht deshalb nicht meinte ausführlich kommentieren zu müssen, weil er stets schon scheinbar rettungslos niedergedrückt war an den Boden seiner existenzphilosophischen Abgründe.

E. M. Cioran ist ein Fremdling, ein Solitär, der wohl darum weiß, dass er sich »vom Rest der Dinge abgeschnitten und in ein borniertes, eigensinniges, krankhaftes Wesen verwandelt hat.« Mitten im schönsten Quartier Latin, in der Rue de l'Odéon nämlich, Hausnummer 21, hat der gebürtige Rumäne sich manch schlaflose Nacht in seine schwarzen Laken gehüllt und an seinen Aphorismen gesponnen. Dieser Dichterphilosoph, der 1937 nach Frankreich auswanderte, irgendwann auch seine Sprache wechselte und sein Leben in Paris zuerst jahrelang in Hotels und später in jener Mansardenwohnung in der Rue de l'Odéon verbrachte, hat bis heute gewiss auch deshalb überlebt, weil er einer der sprachgewaltigsten Negativisten des 20. Jahrhunderts ist. Allein die Titel seiner Bücher sind herrlich tönende Lyrismen eines aufschreienden Abgesangs: »*Auf den Gipfeln der Verzweiflung*«, »*Gevierteilt*«, »*Der zersplitterte Fluch*«, »*Vom Nachteil, geboren zu sein*«, »*Der Absturz in die Zeit*«, »*Lehre vom Zerfall*« – und damit sind nicht alle genannt.

In jener »*Lehre vom Zerfall*« [*Précis de décomposition, 1949*], die ein anderer trauriger Pariser Exilant, Paul Celan, ins Deutsche übersetzt hat, taucht das Sinnbild des Cioranschen Denkens auf, der gelangweilte und müßige Melancholiker, dem

Zeiteinteilungen lediglich »Kategorien für Dienstboten« sind. Den Zeitläuften abhold geworden, dünkt ihm »schon das bloße Erleiden des Daseins das schwerste aller Geschäfte, der strapaziöseste aller Berufe«. Was auch ihn gefangenhält, ist der große Ennui, ein Überdruss, der sich nicht mehr zu helfen weiß. Das Tun selbst steht zur Disposition. »Habe ich die Fresse von einem, der hienieden irgendeine Aufgabe hat?« Die Müßiggänger, so heißt es einmal, »gehören nicht zur Menschheit, Arbeit im Schweiße des Angesichts ist nicht ihre Stärke, und so fristen sie ihr Leben, ohne die Folgen des Lebens und der Erbsünde tragen zu müssen. Weder Gutes noch Böses tuend. Zuschauer der in Zuckungen sich windenden Menschheit, verschmähen sie den Wochenlohn der Zeit, verachten sie den Kräfteaufwand, der das Bewußtsein erstickt.«

Und so sitzt Cioran ist seinem Zimmer über den Dächern von Paris – traurig, schlaflos, untätig. Und er ist dieser Stadt durchaus dankbar dafür, dass man ohne Scham als Habenichts in ihr überleben kann. Nachts verlässt er bisweilen die Wohnung, und zwar nicht zuletzt, weil die Nacht die Illusion zulässt, »daß alle dieses Universum geräumt haben, sogar die Toten, und daß man der letzte Lebende, das letzte Gespenst ist.« Auf seinen Streifzügen durch das nächtliche Paris begegnet dieses Gespenst seinesgleichen: Außenseitern, Randgestalten, die in ihm Sympathie, aber auch Erschrecken wachrufen; Clochards, eine alternde, mit Gott zürnende Hure, eine Frau, die mit ihrem Äffchen spricht, halb verwahrloste und verrückte Gestalten. Wirken diese Figuren noch halbwegs pittoresk, so kann es doch passieren, dass es bei anderen »Räudigen« weit monströser zugeht:

»Um mich über die Gewissensbisse der Faulheit zu trösten, suche ich den Abhub der Menschheit auf und bin voller Ungeduld, selber zu verkommen. Ich kenne es gut, dieses großschnäuzige, stinkende, grinsende Lumpenpack; in seinem Schmutz versinkend, ergötze ich mich an seinem verpesteten Atem nicht minder als seiner Verve. Diese Erbarmungslosigkeit gegen die Erfolgreichen, diese Genialität im Nichtstun nötigen Bewunderung ab, wenn auch das Schauspiel, das hier geboten wird, das traurigste dieser Welt ist: Dichter ohne Talent, Dirnen ohne Kundschaft, Geschäftsleute ohne einen Groschen, Verliebte ohne Drüsen, Hölle von Frauen, die niemand begehrt ...«

Hier also, jenseits des bürgerlichen Lebens und des guten Geschmacks, füllen sich die Abgründe einer Melancholie, die E. M. Cioran auch immer wieder als »Cafard« bezeichnet, eine Art von untröstlichem Katzenjammer. Wie allen Flaneuren zuvor überwältigt auch ihn zuweilen die Banalität des Schreckens, so dass auch das Grauen des Morgens seinem Namen alle Ehre macht:

»Paris erwacht. An diesem Novembermorgen ist es noch dunkel: in der Avenue de l'Observatoire versucht sich ein Vogel – ein einziger – im Singen. Ich bleibe stehen und höre zu. Plötzlich ein Geknurr in der Nähe. Unmöglich zu sagen, woher es kommt. Ich bemerke schließlich zwei Clochards, die unter einem Lieferwagen schlafen: einer von ihnen muß einen bösen Traum haben. Der Zauber ist dahin. Ich mache, daß ich wegkomme. An der Place Saint-Sulpice stoße ich in der öffentlichen Bedürfnisanstalt auf eine halbnackte, kleine Alte ... Ich stoße einen Entsetzensschrei aus und eile in die Kirche, wo ein buckliger Priester mit bösem Blick ungefähr fünfzehn armen

Teufeln jeden Alters erklärt, daß das Ende der Welt nahe bevorsteht und die Strafe furchtbar ist.«

Dies wären also die Schocks des Großstadtflaneurs, der auszog, jenseits der ersten und letzten Wahrheiten Erfahrungen zu sammeln. Die Nähe zu dem großen Vorbild Baudelaire zeigt sich hier, aber übrigens auch darin, dass ein »Idol« des Cioranschen Denkens »le raté« ist, der Gescheiterte, welchen man sich vorstellen müsse wie einen Baudelaire, der nie eine Zeile geschrieben hat.

Ciorans Aphorismen bleiben deshalb von gespenstischer Eindringlichkeit, weil ihr Verfasser überwach war. Er konnte phasenweise überhaupt nicht schlafen. Und obgleich im Zuge der Schlaflosigkeit alle Gewissheiten zerfallen, weiß er, was er ihr zu verdanken hat: »›Auf wieviel durchwachte Nächte kannst du zurückblicken?‹ – mit dieser Frage sollten wir an jeden Denker herantreten. Derjenige, der nur denkt, *wenn er will*, hat uns nichts zu sagen: über, oder vielmehr neben seinem Gedanken stehend, ist er für diesen nicht *verantwortlich*, braucht er kaum für ihn einzustehen, gewinnt oder verliert er nichts, wenn er sich in einen Kampf wagt, in dem er nicht sein eigener Gegner ist.« Daher rührt das Bohrende dieses verfemten Denkers, der immer wieder die Anstrengung unternimmt, die ganze Welt in einem einzigen Satz zu brüskieren: »Auf einem brandigen Planeten sollte man es unterlassen, Pläne zu schmieden, aber man macht immer welche, da der Optimismus, wie bekannt, eine Schrulle von Sterbenden ist.« Ich könnte noch eine Menge der Cioranschen Flüche und Auswürfe zitieren und empfehle durchaus, mit ihm ein paar Nächte durchzustehen – zur Abhärtung.

Doch hier und jetzt muss ich Adieu sagen, weil jenes Paris ruft, das Cioran ein Obdach bot und eine Sprache, die bei aller Abgründigkeit der Diagnosen eben doch durchblicken lässt, dass das Entscheidende im Leben und Schreiben eine Frage des Stils ist.

Noch ein paar Ungeheuer (und ein Puzzleteil)

Den Pariser Nachtmahren entkommen wir nicht so schnell. Ausgerechnet 1967, dem Vorjahr der Rebellion, lässt Georges Perec einen Mann einschlafen: Er veröffentlicht »*Ein Mann der schläft*« *[Un homme qui dort]*. In diesem Jahr gab es so viele wunderbare Studenten in Paris, die zu leben und zu lieben wussten. Nur der Perecsche Student macht nicht mit. Am Tage der schriftlichen Prüfung seines Staatsexamens in Soziologie steht er nicht auf. Er verlässt seine Dachkammer in der Rue Saint-Honoré nicht, er sitzt nur, liegt, raucht, öffnet niemandem die Tür. Vereinsamt, still, reglos, verbringt er so eine unbestimmte Zeit. Und dann doch, in einer nächtlichen Stunde, geht er aus dem Haus und läuft durch die Straßen.

Irgendwann geht er für eine Weile zu seinen Eltern auf das Land, liest, spaziert, liegt, sitzt; dann kehrt er zurück nach Paris, geht wieder durch die Stadt, legt Karten, raucht, liest, sitzt, liegt, schläft, raucht, vergeht beinahe. Und schließlich verlässt ihn die Gleichgültigkeit, er bekommt Angst. Das wäre in etwa der Plot. Nun? C'est la vie – und zwar nicht nur dieses Studenten, der auf dem Weg ist, ein Jedermann zu werden. Männer und Frauen, die schlafen – lebenslänglich. So sieht es aus. Was ist der Mensch? Ein »Ektoplasma, aus dem selbst ein wehendes Bettuch nur mit Mühe ein Gespenst zu machen vermöchte«. Und was ist Paris, diese wundervolle, sprühende Metropole?

»Traurige Stadt, traurige Lichter in den traurigen Straßen, traurige Clowns in den traurigen Variétés, traurige Schlangen vor den traurigen Kinos, traurige Möbel in den traurigen Kaufhäusern. Schwarze Bahnhöfe, Kasernen, Flugzeughallen. Die

düsteren Bierhallen, von denen auf den Grands Boulevards eine neben der anderen steht, die entsetzlichen Schaufenster. Laute oder menschenleere, fahle oder hysterische Stadt, aufgeschlitzte, ausgeplünderte, befleckte Stadt, von Verboten, Gittern, Türschlössern überzogene Stadt. Massengrab-Stadt: die verkommenen Hallen, die als Trabantenstädte verkleideten Barackenviertel, die Slums im Herzen von Paris, der unerträgliche Horror der Bullenboulevards, Boulevard Haussmann, Boulevard Magenta; Boulevard de Charonne.«

Nicht selten zeigen sich dem traurigen Müßiggänger in diesem ruinierten Labyrinth entsetzliche Gestalten:

»Die Ungeheuer mit ihren kinderreichen Familien, mit ihren Ungeheuerkindern, ihren Ungeheuerhunden; die Tausende von Ungeheuern, die von Ampeln gestoppt werden, die auf rot stehen; die kläffenden Weiber von Ungeheuern; die Ungeheuer mit Schnurrbart, mit Weste, mit Hosenträgern, die Touristenungeheuer, die vor häßlichen Denkmälern waggonweise ausgeladen werden, die Ungeheuer im Sonntagsanzug, die ungeheuerliche Menschenmenge.«

Da ist der Perecsche Flaneur zu einem angeekelten Nichts mutiert, einem durchlässigen Gespenst, einer grauen Schattengestalt, einem so hellsichtigen wie blindwütigen Spiegel. Dieses Buch ist wieder eines, das ohne Paris nicht geschrieben worden wäre. Perec gebiert nicht nur Ungeheuer, sondern schreibt lange Listen voll, um diese Stadt zu registrieren. Und Paris blüht auf zwischen all den schwarzen Zeichen. »In der Finsternis wird alles deutlich«, schreibt Thomas Bernhard. Voilà.

Gewiss ist es bei der Lektüre dieses Buches eine nachhaltige Freude, den Gestus der absoluten Verweigerung zu genießen.

Endlich macht einer wieder reinen Tisch, indem er die geblümten Wichtigkeiten unserer Existenz fortfegt. Beinahe ist man enttäuscht, dass unser Student zuletzt die Kurve kriegt, weil er Angst bekommt, gänzlich unterzugehen. Es kann in Sachen Totalverweigerung eben nur einen geben: Herman Melvilles »*Bartleby, der Schreiber*«, der alles verweigert und sich gar hat sterben lassen. Solche Sachen passieren freilich in New York, nicht in Paris – dieser Stadt, die immerhin küsst, bevor sie tötet. Und was wäre das Leben anderes als ein Moment zwischen Kuss und Tod?

Apropos Bartleby: Etwa in der Mitte der Rue Simon-Crubellier, Nummer 11, steht ein Haus, in dessen drittem Stockwerk ein gewisser Bartlebooth mit einem Puzzle ringt. Vielleicht ist es nicht so wichtig, aber als ich eben darüber nachdachte, wie ich aus meinen schwarzen Fahnen elegant einen roten Teppich machen könnte, um Perec weit mehr zu würdigen, als bislang geschehen, blätterte ich versonnen in eben dem Roman, in welchem dieser Bartlebooth selbst nur ein Puzzleteil ist und der den uns vollkommen behausenden Titel trägt »*Das Leben. Gebrauchsanweisung*«. Dabei stieß ich auf eine Stelle, welche den »Eindruck der Gnade« beschreibt, der sich Bartlebooth beim Puzzlen selten und nur für Minuten aufdrängt und ihn zu einem »Hellseher« zu machen scheint, der plötzlich alles versteht und meint, »das Gras wachsen, den Blitz in den Baum einschlagen oder die Erosion die Berge schleifen sehen [zu] können, etwa so, wie eine Pyramide ganz allmählich von dem Flügel eines Vogels, der sie streift, abgenutzt wird…« So bin ich nun dankbar für dieses exotische Puzzleteil, das mir vor der Zeit zufliegt.

Das Erkalten des Kaffees

Wo geht es hin mit den Flaneuren? Ihre Flanerie wird doch nicht aussterben? Paris hat sich schließlich nicht wesentlich verändert, ist schön und herrlich und lädt wie ehedem zum Gehen ein. Und doch spricht vieles dafür, dass die Flanerie, zumal als poetische oder gar als Lebensform, im Abschied begriffen ist. Nicht etwa deshalb, weil Paris heute dermaßen von Autos verstopft ist, dass einem zu bestimmten Tageszeiten das Hören und eben auch das Sehen vergehen – das lässt sich noch geschickt umgehen und kompensieren. Nein, es sind noch andere Prozesse, in denen die Beschleunigung vorherrscht, die unsere Fähigkeit aufzumerken beeinträchtigen. Das gründliche und versonnene Lesen von Straßen und Büchern verträgt sich nicht mehr recht mit den Informationsfluten, die uns täglich um- und durchspülen. Als in einem »rasenden Stillstand« befindlich hat uns einmal Paul Virilio beschrieben – wie sollte da flaniert werden?

Gleichviel. Mag sein, es ist einfach an der Zeit, auszuruhen und ein Café aufzusuchen. Auch so ein mythischer Pariser Ort, an dem die Dichter und Denker, die Intellektuellen, Platz fanden. Im Pariser Café sieht man sie, die Trägerinnen und Träger großer Namen: allen voran Jean-Paul Sartre und Simone de Beauvoir im Café Flore. Zuletzt im Großen Krieg und auch danach machten sie sich beredte Sorgen um Katastrophen, Krisen und andere Kalamitäten der Welt, und es hat sie allein das Bewusstsein aufrecht erhalten, weder einsam noch bedeutungslos zu sein. Es gab sie wirklich, die echten Pariser Intellektuellen, deren Worte politisches Gewicht hatten.

Und noch heute, da wir um die Wirkung intellektueller Einlassungen fürchten müssen, sind die guten Pariser Geister immerhin als Gespenster unterwegs und simulieren einen Diskurs der Bedeutungen.[*]

Kalten Kaffee kann man übrigens auch zahnlos schlürfen.

---

[*] Wie sagte Woody Allen einmal? Die Intellektuellen seien schlimmer als die Mafia, schließlich brächten sie sogar ihre eigenen Leute um. Er hatte Recht. Inzwischen haben sie ihre Arbeit fast vollendet.

Der Zahn des Engagements

Ich glaube, dass die guten Geister ihren Mummenschanz ganz erheblich ihrer Stadt zu verdanken haben: einer großzügigen Hauptstadt, die ihre Dichter und Denker stets und nicht selten pompös zu würdigen wusste. Es gibt da eine namhafte Tradition der Intellektualität, die seit dem Krieg andauert.

Vor allem, wie gesagt, Jean Paul Sartre, der Gottvater der Pariser Intellektuellen bis weit in die 70er Jahre hinein, bietet bis heute den Nachdenklichen ein Obdach. Ich bin immer wieder gerührt, wenn ich zum Beispiel seine Überlegungen zum Engagement lese. Da sagt es einmal einer, dass Schreiben auch eine Form des Handelns sei und dass diejenigen, die lesen und schreiben und ein wenig denken könnten, Verantwortung übernehmen müssten. Wie schreibt er schon 1945 recht pathetisch: »Nicht indem wir der Unsterblichkeit nachlaufen, werden wir ewig; wir werden nicht absolut sein, weil wir in unseren Werken einige ausgebrannte Prinzipien wiedergegeben haben, die zu leer und nichtig sind, um ein Jahrhundert zu überdauern, sondern weil wir in unserer Epoche leidenschaftlich gekämpft haben, weil wir sie leidenschaftlich geliebt haben und bereit waren, ganz und gar mit ihr unterzugehen.« Da ist sie, die Leidenschaft des Intellektuellen.

Und doch ist Sartre kein Naivling. In seinem 1948 erschienenen Essay »*Was ist Literatur?*« verstummen seine Aufrufe an die Schriftsteller zwar nicht, für die Wahrheit einzutreten und sich übrigens auch über die Medien Gehör zu verschaffen, dafür erschüttert er mit Formulierungen wie derjenigen, »daß die Literatur im Begriff ist zu sterben. Nicht daß es ihr an Talenten noch an gutem Willen fehlte; aber sie hat in der zeitgenössischen Gesellschaft nichts mehr zu suchen.« Er hat also kommen sehen, dass die Literatur ihre gesellschaftliche Relevanz vollständig einbüßen würde. Die Romane der Zukunft sind für ihn »traurige und verschleierte Feste«, und selbst das eigene Schreiben hängt für ihn in der »Luft«. Das schuldig gewordene, unglückliche, bürgerliche Publikum ist zu begraben und Sartre persönlich der Totengräber. Damit aber sind im Grunde auch die Hoffnungen auf Relevanz dahin.

Nicht nur in seinen Diagnosen scheint Sartre, dem die Argumente am liebsten sind, die »ein Schluchzen« verdecken, sich unserer Gegenwart zu empfehlen. Seinem melancholischen Engagement, jener Mischung aus trauriger Reflexion, politischer und ästhetischer Kritik und den so trotzigen wie emphatischen Appellen, wäre heute wieder die Haltung eines Intellektuellen abzuschauen, der versucht, Verantwortung zu denken und umzusetzen. Seinem Widerstand mag man sich dort anschließen, wo man wenigstens mit eigenen und seinen Worten dieser Gefahr ins Auge sieht: »Wenn die Literatur in reine Propaganda oder in reine Unterhaltung umschlagen sollte, würde die Gesellschaft in den Schlamm des Unmittelbaren zurücksinken, das heißt in das gedächtnislose Leben der Hautflügler und der Bauchfüßler.« Sartre ist ein Prophet. Mir bleibt er immerhin der gute alte Zahn des Engagements, der zwar längst gezogen wurde, den ich aber als Talisman mit mir führe.

Der Passionsschreiber
(und die Ziege, die Schlange und der Affe)

Wenn es also schon keine Wunder gibt, dann doch wenigstens Zeichen.

Noch einmal 1967: das chinesische Jahr der Ziege, eigentlich ein gutes Jahr. Man stelle sich den leuchtenden Frühling in Paris vor. Auf den Boulevards, in der Universität und in den Cafés führen die Liebe und die Politik einen munteren Reigen auf. Die Rebellion läuft sich langsam warm. Der Blätterwald rauscht, die Druckerpressen glühen. Bücher wie Guy Debords *»Die Gesellschaft des Spektakels«*, Jacques Derridas *»Grammatologie«* und Roland Barthes' *»Die Sprache der Mode«* erscheinen. Die Intelligenz feiert. Alles ist gut. Und doch (liegt es am Jahr der Ziege, weil in der chinesischen Esoterik mit der Ziege die Melancholie assoziiert wird?) mischen sich in den Rumor auch die gedämpften Töne.

Man erinnere sich, dass nun Perecs *»schlafender Mann«* wie ein Menetekel durch die Straßen schlurft. Cioran schreibt am 6. April: »Ich greife alle Menschen an, und keiner merkt es.« Und dann fügt er hinzu, dass er ein Buch von Roland Barthes über Racine gelesen habe: »Ziemlich beeindruckend, aber erstickend.« (Übrigens hätte Cioran nur auf das Dach seines Haues in der Rue de l'Odéon steigen müssen und seine Meinung laut herausrufen, vielleicht hätte es Barthes in seiner Dachkammer in der nahegelegenen Rue Servandoni gehört.)

Dieser Roland Barthes, ein Titan poetischer Intellektualität, schiebt sich, obgleich nur mäßig beleibt, in den Pariser Horizont, wirft Schatten und spendet viel Licht. Er bereitet sich, freilich ohne es genau zu wissen, auf eine große Passionsgeschichte vor, eine Geschichte voll von Trauer und Liebe. Und apropos Liebe: Sprechen wir doch endlich über sie – in dieser Stadt, die eigens für sie errichtet scheint. Dafür verlassen wir das Jahr der Ziege und springen in das der Schlange.

Der Professor für Literatursemiologie am renommierten Collège de France, Roland Barthes, hat im Jahre 1977 einen Bestseller herausgebracht: »*Fragmente einer Sprache der Liebe*«, ein Buch, das aus einer Trauer heraus geschrieben wurde – und zwar über die unerwiderte Liebe zu einem jungen Mann, der leider die Frauen vorzog. Doch statt über seine kaschierte Homophilie zu räsonnieren, ist hier zu betonen, dass er, der professionelle Zeichendeuter, ein philosophisch-poetisches Inventarium der Liebe zusammenstellt, das für meine Begriffe zu jenen Büchern gehört, die man in dieser komplizierten Angelegenheit wirklich goutieren kann, weil es so emphatisch wie reflektiert ist – ein großes Buch. Für einen Moment werfe ich den Deckmantel der Melancholie von mir und zehre von dieser Liebe. Es ist dies das Gefühl des »Unheilbar-Liebenden«, der alle guten und schlechten Gründe für und gegen es durchforstet hat und schließlich bei seiner grundständigen Bejahung verbleibt. »Unheilbar« – ein unerhörtes Beiwort, das so artig einen Superlativ markiert. Eine kleine Atemübung:

»Ein buddhistischer *koan* sagt: ›Der Meister hält den Kopf des Schülers unter Wasser, lange, sehr lange; allmählich werden die aufsteigenden Wasserblasen seltener; im letzten Augenblick zieht der Meister den Schüler heraus und läßt ihn wieder zu Atem kommen: Wenn du so sehr nach der Wahrheit verlangt hast wie nach der Luft, wirst du wissen, was sie ist.‹«

Die Abwesenheit des Anderen drückt mir den Kopf unter Wasser; allmählich ersticke ich, meine Atemluft wird knapper: durch eben diese Asphyxie rekonstituiere ich meine Wahrheit, bereite ich in mir den ›Unheilbar‹-Liebenden vor.«

Die Liebe entfaltet ihre Kraft in der erlittenen Einsamkeit. Barthes geht es um die *Sprache* der Liebe, die die Liebenden zwar allesamt zu sprechen meinen, die aber dennoch eigenartig verwaist ist, wird sie doch, wie er sagt, »von niemandem verteidigt«. Wie alles, was sich als unzeitgemäß zeigt, da es verdrängt oder nicht verstanden wird, verfällt sie der Melancholie. Barthes' Sprache der Liebe vermag nur zu verstehen, wer seine Liebe zur Sprache begreift. Und wer dann diese Liebe auch erfährt, indem er sie liest, ahnt, wovon er schweigt, wenn er von Liebe spricht, und ahnt vielleicht auch, dass er nicht liebt, wenn er sie nicht beschweigen kann, und ahnt zuletzt und gewiss, dass er geschwiegen haben muss, um zu sprechen – und zu lieben.

Und Paris? Die Stadt der Liebe? Niemand hat sie vergessen, auch Barthes nicht: »Ganz Paris steht mir zu Diensten, ohne daß ich es in Anspruch nehmen wollte: weder Sehnen noch Begehrlichkeit. Ich vergesse all das Reale, das an Paris über seinen bloßen Charme hinausgeht: die Geschichte, die Arbeit, das Geld, die Warenwelt, die Härte der Großstädte; ich sehe darin nur das Objekt eines im ästhetischen Bereich *unterdrückten* Verlangens. Von der Höhe des Père-Lachaise schleuderte Rastignac der Stadt sein ›*Und nun wollen wir uns miteinander messen!*‹ entgegen; und ich sage zu Paris: *Anbetungswürdig!*«

Zwei Jahre nach Erscheinen der »Fragmente«, 1979 also, übrigens wieder ein Jahr der Ziege, nehmen wir Anteil an einer

Verschlimmerung. In diesem Jahr streift der traurige Professor rastlos durch namhafte Pariser Cafés. Im Café Flore sitzt er am liebsten, gelegentlich auch im Café Select, aber auch im Coupole und im Deux Magots. Und was tut er da? Er sucht neuerlich nach der Liebe – meist vergeblich. Der »Meister«, wie ihn jüngst ein Mann mit dem vielseitigen Namen Algalarrondo in seiner Biographie »*Der lange Tod des Roland Barthes*« genannt hat, ist alles in allem in schlechter Verfassung. Nicht nur hat er den Verlust seiner großen Liebe zu verwinden, schlimmer noch: Seine geliebte Mutter, mit der er sein ganzes Leben zusammengelebt hat, einen Großteil davon in jener Dachgeschosswohnung in der Rue Servandoni, ist im Oktober 1977 gestorben. Und was ihm nunmehr zu bleiben scheint, ist einerseits sein Schreiben und andererseits jene fieberhafte Suche nach der Nähe junger Männer.

Wie seltsam und beinahe erschreckend bietet sich das Tableau von Erfahrungen in seinen »*Pariser Abenden*« dar, einer kleinen Reihe von posthum herausgebrachten Tagebuchaufzeichnungen. Da finden sich geradezu klassische Bilder des einsamen Lesers, der aufmerkt: »Gestern, am Spätnachmittag, las ich im *Flore* die ›*Pensées*‹ [*Gedanken*] von Pascal; neben mir ein schlanker Junge mit sehr blassem Gesicht, bartlos, hübsch und ungewöhnlich, unsinnig (Stiefel aus Kunstleder), der damit beschäftigt war, aus einem Heft Sätze und Schemata auf fliegende Blätter zu übertragen; unmöglich zu erkennen, ob es sich um Gedichte oder Mathematik handelte.« Eine harmlose Beobachtung, die neben Schilderungen trauriger Strichjungen steht, die unzuverlässig, manchmal hirn- und herzlos sind. Schillernde, schon fast an Jean Genet erinnernde Szenen

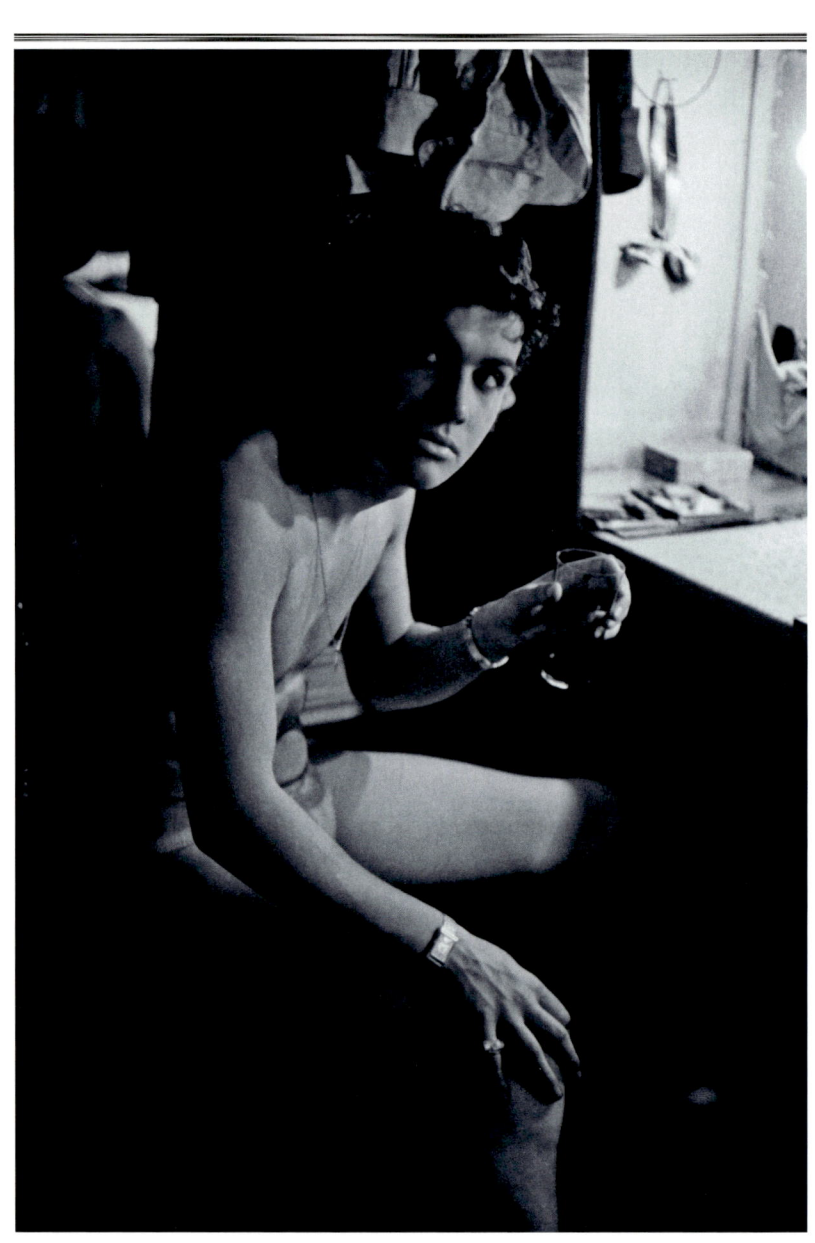

wechseln ab mit aschfahlen: »Gegen halb sieben bin ich aufs Geratewohl ausgegangen; in der rue de Rennes einen neuen Gigolo gesehen, ins Gesicht fallende Haare, kleiner Ohrring; da die rue Bernard-Palissy vollkommen leer war, sind wir ins Gespräch gekommen; er hieß François; aber das Hotel war voll; ich habe ihm Geld gegeben, er hat mir geschworen, eine Stunde später zum Rendez-vous zu kommen, war natürlich aber nicht da.« Schließen wir noch ein Resümee an:

»Mit unwiderruflicher Deutlichkeit sah ich, daß ich auf die Knaben verzichten muß, weil sie keinerlei Begierde mehr nach mir empfinden, und daß ich zu ängstlich oder zu ungeschickt bin, die meinige zu erkennen zu geben: daß das eine unumstößliche Tatsache ist, die von allen meinen Flirt-Versuchen bewahrheitet wird, daß ich deshalb ein trauriges Leben führe, daß ich mich letztlich langweile und daß ich dieses Interesse oder diese Hoffnung aus meinem Leben streichen muß.«

Diese Tristesse ist für die Kenner des Barthesschen Werkes einigermaßen irritierend, und man versteht gut, warum die posthume Veröffentlichung dieser Aufzeichnungen für heftige Kritik gesorgt hat seitens jener, die den Meister ins Zwielicht der Indiskretion gestellt sahen. Schließlich war der Professor offiziell ein hell leuchtender Stern am akademischen und medialen Himmel von Paris. Seine Vorlesungen waren immer bestens besucht, und er war in namhaften Zeitungen und auch Fernsehsendungen präsent. Ein wunderbarer Vortragskünstler soll er gewesen sein; und wenn wir seine Vorlesungsschriften heute lesen, erkennen wir seine ungewöhnliche Gabe, luzide Grenzgänge zwischen Literatur und Theorie, Bekenntnis und gelehrtem Kommentar zu machen.

Der Tod seiner Mutter ist ein Ereignis, das er auf mittlere Sicht nicht überlebt. Er hat ein »*Tagebuch der Trauer*« verfasst, und er hat sie auferstehen lassen in seinem schönen Buch über Photographien, »*Die helle Kammer*«; er beweint sie sogar in seinen Vorlesungen. Aber seine Trauer hat er nicht verwunden. Zuletzt arbeitete er gar an einem Projekt namens »*Vita Nova*«, das »*Neue Leben*«, das ein neues Schreiben einschließen sollte. Er wollte noch einen großen Roman schreiben und hat es nicht geschafft – und uns vielleicht etwas viel Wichtigeres geschenkt, nämlich ein stupendes Zeugnis seines Scheiterns, eine Vorlesungsreihe, »*Die Vorbereitung des Romans*«, ein Werk, das erklärt und objektiviert, warum es nach Proust (so gut wie) unmöglich ist, einen echten Roman zu schreiben, einen Roman, der der Welt Konkurrenz zu machen imstande wäre. Die Literatur selbst veraltet und liegt im Sterben (wieder einmal oder immer noch). Welche Konsequenz nun aber: Barthes spricht von seinem »Begehren«, das um so »lebhafter« werde, »je mehr ich das Gefühl habe, daß die Literatur dabei ist zu verkümmern, sich abzuschaffen: In diesem Fall liebe ich sie mit einer hartnäckigen, ja erschütternden Liebe, so wie man liebt und in die Arme nimmt, was sterben wird.« Barthes' Begehren ist hier ein letztes Auf-Begehren gegen den Sog des Verlustes. (Diese Geste ist berührend auch, weil sie politisch ist. Alle Melancholie ist politisch.)

Bestürzend einfache Sätze finden sich in dem genannten »*Tagebuch der Trauer*«: »Die Wahrheit der Trauer ist ganz einfach: Jetzt, da Mam. tot ist, treibt es mich zum Tod (nur die Zeit trennt mich noch von ihm).« Aber eben weil er die Arbeit des Schreibens braucht, um die Trauer zu überleben, analysiert er weniger, als er schlicht festhält, wie hier, oder transformiert die Trauer, wie in seinen Vorlesungen.

Was muss das für ein eigenartiges Leben gewesen sein dort im Quartier Latin, in der Rue Servandoni. Die Wohnung im fünften Stock, in der übrigens lange auch der jüngere Bruder mitlebte, hatte noch zwei Dachkammern, in die Barthes eines Tages zog, eine Klause. Und wenn er sie verließ, rief er immer seiner Mutter zu, dass er nun weggehe – in dieses so ganz andere Leben der Cafés und Hörsäle. Nur eines der vielen Rituale eines eingespielten Alltags. Seine Mutter habe ihm nie Vorwürfe gemacht, betont der als überaus empfindsam berüchtigte Barthes in seiner »Hellen Kammer«. Hierin beugt er sich noch einmal über ihre Photos, die der Leser nicht zu sehen bekommt, und erinnert, beschreibt und philosophiert:

»Es heißt, die Trauer lösche durch ihre allmähliche Arbeit mit der Zeit den Schmerz aus; das konnte und kann ich nicht glauben, denn für mich tilgt die ZEIT nur die Empfindung des Verlusts (ich weine nicht), mehr nicht. Ansonsten ist alles unbeweglich geblieben. Denn was ich verloren habe, ist nicht eine GESTALT (die MUTTER), sondern ein Wesen, und nicht nur ein Wesen, sondern eine *Qualität* (eine Seele): nicht das Unentbehrliche, sondern das Unersetzliche. Ich konnte ohne die MUTTER leben (das tun wir alle früher oder später); doch das Leben, das mir noch blieb, würde mit Gewißheit und bis ans Ende *unqualifizierbar* (ohne Qualität) sein.«

Lange also hat der Melancholiker Barthes auf seinen Tod zugeschrieben. Er ging durch das Labyrinth seiner Schmerzen und seines Wissens, verharrte grübelnd in Zonen der Poesie und Philosophie und sah weit. Und dann doch überraschend, mit einem heftigen Schlag kündigte sich der Tod am 25. Februar 1980 an. Ausgeführt wurde er von einem Lieferwagen, der Roland Barthes auf der Rue des Écoles vor dem Collège de France erfasste. Eigenartigerweise war er nach diesem Unfall nicht besonders schwer verletzt, wie man im Krankenhaus sagte. Er ärgerte sich noch über seine eigene Unachtsamkeit und beruhigte seine besorgten Freunde. Doch dann verschlimmerte sich sein Zustand, und nach rund einem Monat des Martyriums starb er am 26. März 1980.

Der Tod kam im chinesischen Jahr des Affen. Kurz vor seinem Unfall befragte Barthes das *I Ging*, eine Art chinesisches Tarot, um zu erfahren, wie er sich genau an jenem Unglückstag verhalten sollte, da für ihn ein offizieller Termin anstand, den er gern vermieden hätte. Er soll, wird berichtet, das Zeichen der völligen Auflösung gezogen haben, ein Zeichen, das davor warnen soll, das Haus zu verlassen.

Die Tränen des Sehers

Zeichenlesen – das ist nicht nur ein Nehmen, auch ein Geben. Roland Barthes hat lebenslänglich Zeichen gegeben. Der Philosoph Jacques Derrida auch. Ihre besondere Gabe verbindet die beiden. Und es ist ebenfalls ein Zeichen, dass Derrida einen Nachruf geschrieben hat mit dem eigenartigen Titel »*Die Tode von Roland Barthes*«. Der Grund für diesen Plural besteht (auch) darin, dass man mit bestimmten Dichtern und Denkern weder im Leben noch im Tode einfach, mit einem Mal, fertig wird. Obwohl es erst einmal so klingt:

»Ich denke gern an Roland Barthes, durch die Traurigkeit hindurch, und zwar heute sowohl die meinige als auch die, welche ich immer bei ihm zu verspüren glaubte, lächelnd und erschöpft, verzweifelt, einsam, im Grunde immer skeptisch, feinsinnig, kultiviert, epikureisch, immer konziliant und unverkrampft, anhaltend, fundamental und im Wesentlichen enttäuscht, trotz der Traurigkeit denke ich vor allem gern an ihn als an jemanden, der (natürlich) auf keinen Genuß verzichtet und sich tatsächlich alles gegönnt hat.«

Ein schönes Gedenken. Indes, es ist bei Derrida auch von Heimsuchungen, vom Spuk und der Wiederkehr der Toten die Rede. Auch das ist kein Zufall, denn Barthes sah selbst Gespenster, für ihn waren es die Photographierten, die uns erscheinen – weder ganz hier noch ganz dort. Und Derrida ist zweifellos einer der größten Geisterseher von Paris. Die Lemuren tanzen in seinen Texten, die so beredt wie geheimnisvoll sind.

Doch fangen wir in der Realität an. Zum Beispiel an einem der ungezählten Mittwochnachmittage, 17 Uhr, in der Rue d'Ulm im Quartier Latin. Derrida betritt einen Vorlesungsraum der École Normale Supérieur. Er spricht über philosophische und literarische Texte. Er hat also zuvor gelesen und nun spricht er. Das ist alles. Und das ist auch schon alles, was sich verbirgt hinter dem Begriff, den Derrida berühmt gemacht hat – und umgekehrt: Dekonstruktion. Was das ist? Sehr einfach: die klügste und elaborierteste Aufforderung zur Lektüre. Die Dekonstruktion wird so in Erinnerung bleiben: als Kunst und Theorie des Lesens. Was das wiederum einschließt (das Leben, das Handeln, die Liebe, das Denken und Gedenken), davon spricht der Philosoph Jacques Derrida in der Mitte der Woche, jahrzehntelang, im Herzen von Paris. Derrida ist der heimliche und unheimliche Stadtschreiber dieser, wie er sie selbst einmal nannte, »Hauptstadt der Literatur«, ihr eloquentester Wiedergänger. Gerade wenn ich über ihn nachdenke, ihn, der sich selbst nicht nur als Geist, sondern auch als Gespenst verstanden hat, denke ich immer an ein Paris, das nicht mehr entziffert werden könnte. Irgendwann, so die Horrorvision, könnte es niemanden mehr geben, der die Hauptstadt der Literatur und damit die Literatur selbst noch zu lesen verstünde.

Die Rue d'Ulm führt direkt auf das Panthéon zu, jene Ruhmeshalle der großen Toten der Grande Nation. Derrida liegt dort nicht. Und ich weiß auch nicht, wo er 2004 begraben wurde. Man weiß sehr wenig über ihn – und das nicht ohne Grund. Ich weiß, dass er 1930 in Algerien als Sohn jüdischer Eltern geboren wurde, bereits 1949 nach Paris und dort auf ein Gymnasium ging, später eine akademische Laufbahn mit vielen Hindernissen und Komplikationen durchlief, um schließlich als einer der aufregendsten Vertreter der modernen Philosophie in

Paris und auch in den USA an diversen Universitäten zu lehren. Er wurde schon zu Lebzeiten verehrt wie auch gehasst. Auch die deutschen Intellektuellen haben lange nicht begriffen, wen sie in Derrida vor sich hatten, unter anderem einen Schriftdenker, der seinerseits wie kaum ein zweiter französischer Philosoph mit der deutschen Philosphie der Vergangenheit und Gegenwart vertraut war und viel über sie schrieb. Zuletzt führte er noch einen »ununterbrochenen Dialog« mit dem Nestor des deutschen Geistes, Hans Georg Gadamer.[*]

Im Juli des Jahres 1989 muss Derrida zunächst ein Treffen mit Leuten aus dem Louvre absagen. Er schreibt: »Es ist der 5. Juli, und seit dreizehn Tagen leide ich an einer Gesichtslähmung viralen Urspungs, *a frigore* genannt (meine Züge sind entstellt, der Gesichtsnerv ist entzündet, die linke Gesichtshälfte ist wie versteinert, das linke Auge starr und schrecklich anzusehen im Spiegel, das Lid schließt nicht mehr normal: Verlust des ›Blinzelns‹, jenes Augenblicks der Blindheit, der das Auge atmen läßt.)« Doch glücklicherweise geht die Heilung rasch voran, und alsbald kann Derrida durch den pyramidalen Eingang in den Louvre gehen, vielleicht in dem Bewusstsein, in einen Schacht hinabzusteigen, um mit den Kuratoren der Graphischen Sammlung über Zeichnungen zu sprechen.

Es geht darum, eine Ausstellung zusammenzustellen, die frei nach den Vorstellungen des Philosophen konzipiert werden soll. Derrida setzt sich nach dem Treffen in seinen alten Citroën, fährt nach Hause und grübelt über das Thema der Louvre-Ausstellung. Noch auf der Fahrt wird ihm schlagartig

[*] Und es ist immer noch eine der großen Pflichten, sofern man solche überhaupt im Rahmen des Denkens zu verspüren vermag, diesen Dialog fortzusetzen.

das Thema klar. »Ich kritzele am Lenkrad einen provisorischen Titel hin, zum Privatgebrauch, um meine Notizen zu ordnen: *L'ouvre où ne pas voir [Das öffne, wo man nicht sieht]*.« Im Louvre also einem »L'ouvre« folgen und eine Ausstellung eröffnen, die zeigt, wie und was man nicht sieht. Was dann dabei herauskam, waren eine Ausstellung und ein Buch mit dem Titel *»Aufzeichnungen eines Blinden. Das Selbstportrait und andere Ruinen«*. Und wir können in diesem wunderbaren Buch eben nicht nur die herrlichsten Bildnisse großer Meister bestaunen, sondern auch einen Text lesen, der uns verspricht, (auch) ein Selbstportrait des Verfassers zu sein. Und siehe, wie der Meister der Schrift schreibt: »Aus Zufall, und zuweilen knapp am Unfall vorbei, kommt es vor, daß ich schreibe, ohne etwas zu sehen.« Und wen sehen wir? Einen Mann, der dauernd schreibt, Tag und Nacht. Ja, und wie gesagt, auch am Steuer: »Ich kritzele dann mit der rechten Hand rasch einige Striche auf ein Stück Papier, das am Armaturenbrett befestigt ist oder neben mir auf dem Sitz liegt. Manchmal schreibe ich auch, natürlich ebenfalls ohne hinzusehen, direkt auf dem Lenkrad. Diese Notizen dienen mir als Gedächtnisstütze, es sind unleserliche Graffiti, und im nachhinein könnte man sie für eine Art Geheimschrift halten.« Offenbar mit Glück also, weil stets nahe am Unfall vorbei schreibt er (der vielleicht mit einem einzigen zu langen Blick auf die eigenen Hieroglyphen Gefahr gelaufen wäre, jemanden wie Roland Barthes zu übersehen!). Man sieht also, wie blind der Schreiber ist.

Wenn er blind kritzelnd auf den Verkehr achtet, was wird ihm dann schon noch Paris sein und die Rue d'Ulm bedeuten, durch die er dreißig Jahre lang fährt. Wir sehen aber auch (ein), wie blind der Schreiber als Seher *sein muss*. Und zwar, wie Derrida betont, weil die Sprache selbst, gerade wenn sie von sich spricht, von einer Blindheit zeugt, die sie, die Sprache, erst erzeugt hat. Und wo ist nun noch Derrida? In der Sprache. Und nun ahnt man eben auch, warum man ihn so selten, und wenn ja, nur schemenhaft, wie ein Phantom sieht – in der Hauptstadt der Literatur. Wenn wir ihn aber nicht deutlich sehen, heißt das noch lange nicht, wir wären taub. Im Gegenteil, wir hören ihn so klar, wenn wir ihn lesen, dass uns das Sehen vergeht. Und wir sind gerührt, wenn wir hören, dass der Schreiber in seinem eigenen Porträt verschwinden muss: »Nachdenkliches Gedächtnis und Ruine dessen, was im voraus vergangen ist, Trauer und Melancholie, Gespenst des Augenblicks...« Und wir merken, dass wir gerade in der Trauer über den Verlust einer ganzen Person (und vielleicht unserer selbst) in der Schrift erst recht, wie neu, zu sehen lernen, sind doch unsere »Tränen sehend«.

Die Ausstellung war ein großer Erfolg. Derrida war nun längst bestätigt als herausragender *homme de lettres*. Er war durch die Eingangspyramide des Louvre in das Archiv hinabgestiegen, hatte ein paar wunderbare Zeichnungen angeblinzelt, sie hatten zurückgeblinzelt, und er kam als blinder Seher wieder hinauf. Und ein paar Tage nach der Eröffnung im Oktober 1990 bestieg er neuerlich sein altes Auto und fuhr wieder durch Paris zu einem der ungezählten Vorlesungssäle, von denen einige Katakomben ähneln. Man munkelt überdies, Derrida sei in allen möglichen Krypten von Paris ein- und ausgegangen. Ein sehr sublimes Gerücht.

Es gibt noch ein weiteres quasi-biographisches Selbstzeugnis. Es hat den eigentümlichen Namen »*Zirkumfession*« und gestaltet sich als ein fortlaufender Fußnotentext unter einem Haupttext, den ein Freund namens Geoffrey Bennington über Derridas Denken geschrieben hat. Das Ganze heißt dann »*Jacques Derrida. Ein Portrait von Geoffrey Bennington und Jacques Derrida*«. In dieser Konfessionsschrift verknüpft Derrida zweierlei: die Trauerarbeit mit und um das lange Sterben seiner Mutter mit der Lektüre der »*Bekenntnisse*« des Augustinus. Und es wird wieder klar, dass in diesem Portrait der Denker in seinem Denken aufgeht, ohne damit seine Stimme zu verlieren – im Gegenteil. Es gibt da einen Satz, der auch das Ende eines Filmportraits von Safaa Fathy mit dem Titel »*D'ailleurs, Derrida*« (d'ailleurs heißt »übrigens«, aber auch »anderswoher«) ziert und den ich in dieser Fassung, freilich in deutscher Sprache, zum ersten Mal vor ein paar Jahren hörte. Ich verstand ihn nicht auf Anhieb, wusste aber, dass in ihm Entscheidendes gesagt ist, und hörte ihn wieder und wieder, bis ich ihn nachsingen konnte. So transkribiere ich hier diesen Filmsatz, der geraffter und musikalischer ist als der aus dem Buch:

»Ich hätte gerne G., meiner Mutter, die mich schon lange nicht mehr hört, mitgeteilt, was man wissen muss, bevor man stirbt: nämlich, dass ich nicht nur niemanden kenne, niemandem begegnet bin, von niemandem in der Geschichte der Menschheit weiß, der glücklicher gewesen wäre als ich, mit Glück gesegnet, euphorisch, ja trunken von ununterbrochenen Freuden, aber auch wenn ich, das Gegenbeispiel meiner selbst, anhaltend traurig geblieben bin, beraubt, entthront, enttäuscht, ungeduldig, eifersüchtig, verzweifelt, und wenn zuguterletzt

beide Gewissheiten einander nicht ausschließen, dann weiß ich
nicht, wie noch den geringsten Satz riskieren, ohne ihn lautlos
zu Boden gleiten zu lassen, zu Boden seiner Lexikalik, zu Boden seiner Grammatik und seiner Geologik, wie etwas anderes
äußern als ein genauso leidenschaftliches wie desillusioniertes
Interesse für diese Dinge: Sprache, Literatur, Philosophie, etwas anderes als die Unmöglichkeit, noch einmal zu sagen, wie
ich es jetzt tue: Ich, ich zeichne.«

Dieser Schlusssatz, der am Meer gesprochen wird, ist ein
Herzenssatz. Und wenn ich schon von Herzen spreche, hier in
der Hauptstadt der Literatur, dann spreche ich wieder von der
Liebe. Jede Liebe sei im Herzen geteilt von der Frage, ob man
jemanden als Individuum liebe oder etwas an ihm, bestimmte
Eigenschaften, so Derrida einmal. Und in der Tat mag diese
Frage nach dem Wer oder Was jeden Liebenden in die Pflicht
nehmen. Nur die Sprache, für die Derrida, wie er einmal sagte,
»eine unruhige, eifersüchtige Liebe voller Pein« empfinde, nur
die Sprache fragt nicht nervös zurück. Denn sie ist wie das
Meer: vital und gleichgültig.

Peter Sloterdijk schildert, wie er 2004 vom Tode Derridas er-
fuhr und wie das Gefühl der Dankbarkeit sich in den Schmerz
mischte; und er fragt, was Derrida letztlich gezeigt habe, und
antwortet: »Vielleicht dies, daß es noch möglich ist, zu bewun-
dern, ohne wieder zum Kind zu werden. Sich als Objekt für Bewunderung anzubieten auf der Höhe des Wissens – ist das nicht
das größte Geschenk, das die Intelligenz ihren Rezipienten und
Partnern machen kann? Diese Dankbarkeit hat mich seither
nicht mehr verlassen. Sie ist begleitet von der Vorstellung, daß
die Grabkammer dieses Mannes an einen hohen Himmel rührt.

Was ich seither entdeckt habe, ist das Glück, mit diesem Bild nicht allein zu sein.«

Und hier also findet sich der Trost. Wenn wir auch nicht mehr zu wissen vermögen, was unsere Worte in der Welt bedeuten (sollen), so wissen wir doch immerhin, Derrida zu lesen. Die Melancholie, die hierbei mitschwingen mag, ist nun endgültig kein »Problem« mehr, sondern Zeichen einer Treue, die in einem Satz gipfelt, der von Paul Celan stammt (einem Dichter, der seinen Tod in der Seine fand) und der Derrida extrem wichtig war: »Die Welt ist fort, ich muß dich tragen.«

Die Möglichkeit einer Ruine

Jetzt kann es nur noch bergab gehen, fürchte ich. Wie eine Drohung lese ich diese seltsame Frage des Meisters Derrida: »Wie etwas anderes lieben als die Möglichkeit der Ruine?« Und das heißt dann wohl auch, dass selbst die »*Möglichkeit einer Insel*« bereits ruiniert ist, oder nicht?

Wenn ich mich auf die Suche nach der Melancholie in der Stadt der Liebe begebe, lande ich unweigerlich und zuletzt in den Ruinen des Michel Houellebecq. Um es kurz zu machen, jedenfalls was die Hauptthesen dieses Erfolgsautors unserer Tage angeht: Houellebecq hat vermutlich Recht. So übertrieben seine abgründigen Diagnosen auch hier und da formuliert sein mögen, sie treffen ziemlich ins Schwarze. Und das bedeutet nichts Erbauliches, vor allem für das große Thema Liebe.

In gewisser Weise steht dieser Autor in der Tradition der großen Liebesdichtungen von Paris und als aufmerksamer Beobachter macht er mit dieser Tradition (jedenfalls theoretisch) Schluss. Es gibt keine, schon gar keine romantische, Liebe (mehr); alle Ideale der Liebe sind Phantasmen; die Frage Derridas nach dem Wer oder Was der Liebe ist eindeutig entschieden zugunsten des Was; die Liebe ist ein Konsumartikel, der gleichzeitig den einzigen Existenzzweck erfüllt; die Differenz zwischen Liebe und Sexualität ist weitgehend aufgehoben; da der sexuelle Akt das *Alpha et Omega* der Liebe wie der gesamten Existenz ist, ist das Ausbleiben oder Versiegen der Sexualität gleichbedeutend mit dem Ende der Existenz, weshalb relativ viele Protagonisten Houellebecqs nach ihrer aktiven Phase den Tod suchen und finden (auch ohne ihn gesucht zu haben).

Houellebecq ist kein Aufklärer, kein Moralist, kein Nostalgiker, sondern ein manchmal vielleicht ein bisschen zynischer Chronist und Realist. Seine klügeren Konsumenten (der Liebe) sind depressiv (nicht melancholisch). Und der folgenden These aus dem Roman »Elementarteilchen« ist ja durchaus etwas abzugewinnen: »Die traditionelle *Hellsichtigkeit* der an Depressionen leidenden Menschen, die häufig als eine radikale Abwendung von allen menschlichen Belangen beschrieben wird, äußert sich in erster Linie durch ein fehlendes Interesse an Dingen, die tatsächlich ziemlich uninteressant sind.« Was also ist überhaupt noch von Interesse?

Bleiben wir noch bei diesem Roman. Es gibt darin zwei Brüder, die beide in den Tod gehen. Auf ihrem Sterbensweg verausgabt sich der eine sexuell, der andere intellektuell. Der Roman wird zum Zeugnis des Posthumanen. Und Paris? Wie wichtig ist hier noch die Stadt der Liebe? Für den Erotomanen Bruno und seine sterbende Liebe, Christiane, zeigt sie sich so:

»Als sie wieder in Paris waren, erlebten sie ein paar frohe Momente, wie man sie aus der Parfümwerbung kennt (gemeinsam die Treppen von Montmartre hinablaufen; oder eng umschlungen auf dem Pont des Arts stehenbleiben, der plötzlich von den Scheinwerfern der Seinedampfer erleuchtet wird, während die Schiffe wenden.)...Sie achteten sich gegenseitig sehr und empfanden tiefes Mitleid mit dem anderen. Dennoch erlebten sie an manchen Tagen, an denen sie die Gnade eines unvorhergesehenen Zaubers erfuhren, erfrischende, sonnige Momente; doch meistens spürten sie einen grauen Schatten, der sich über sie und die Erde breitete, die sie trug, und in allem sahen sie das Ende nahen.«

Bei Houellebecq ist das Ende allgegenwärtig, und deshalb ist auch Paris kein Ort echter Erfahrungen mehr, sondern Schauplatz letzter zitathafter Zuckungen. Was einst bei einem übrigens hier als Vorbild genannten Baudelaire noch melancholische Flanerie war, wird zum depressiven Konsumtrip. Seht nur die uns nunmehr schon vertraut gewordenen Namen der Boulevards – und dort den Houellebecqschen Flaneur.

»Bruno begann zu essen. Er legte sich ziemlich schnell auf einen Freßweg fest, der den Boulevard Saint-Michel hinabführte. Er begann zunächst mit einem Hot dog in der Imbißstube an der Ecke Rue Gay-Lussac; anschließend aß er etwas weiter unten eine Pizza oder manchmal ein griechisches Sandwich. Im McDonald's an der Ecke Boulevard Saint-Germain verschlang er mehrere Cheeseburger, die er mit Coca-Cola oder Bananen-Milchshakes herunterspülte; dann wankte er die Rue de la Harpe hinab, ehe er sich mit tunesischem Gebäck den Rest gab. Auf dem Weg nach Hause blieb er vor dem *Latin* stehen, das zwei Pornofilme gleichzeitig im Programm hatte.«

Auch sein Bruder, der Biochemiker, dessen Sexualtrieb nur schwach ausgebildet ist, dafür aber sein Sinn für die gentechnologische Überwindung des Menschengeschlechts, hat ein Pariser Leben. Und er lebt nicht allein:

»Djerzinski wohnte seit gut zehn Jahren in der Rue Frémicourt; er hatte sich daran gewöhnt, das Viertel war ruhig. 1993 hatte er das Bedürfnis nach Gesellschaft empfunden; irgendetwas, das ihn abends beim Heimkommen empfing. Seine Wahl war auf einen weißen Kanarienvogel gefallen, ein ängstliches Tier. Er sang vor allem morgens; und dennoch wirkte er nicht fröhlich; doch kann ein Kanarienvogel fröhlich sein?«

Oh lodernde Flammen verzehrender Liebe, kalte Tränen der Melancholie! Verstanden wir nicht erst in euren Wechselbädern wahrhaftig zu empfinden? Ward ihr es nicht, die uns unter Seufzern sagen ließen: »Ich, ich bin.«? Immerhin. Und nun ist alles vorüber. Selbst die Phantasmagorien schweigen. Denn wie wenig wusste man zuletzt die Erhabenheiten und Schönheiten des Traurigen zu schätzen. Wie sehr vernarrte man sich in die Schmerzfreiheit. »Es bleiben noch vorübergehende Augenblicke der Depression, der Trauer und des Zweifels; doch sie werden durch medikamentöse Behandlung schnell behoben … Das ist genau die Welt, auf die wir heute zustreben, die Welt, in der wir leben möchten.« Und lyrisch und schon beinahe etwas nostalgisch heißt es an anderer Stelle: »Und wir verschwinden / im Dunkel der Trauer, / bis uns tiefste Verzweiflung übermannt.« Das wärs. Am Ende sind alle tot. Und es ist nicht einmal das Ende einer Tragödie.

Man vermutet, dass Michel, der Wissenschaftler, ins Meer gegangen ist. Und es wundert nicht, dass Houellebecqs Figuren immer häufiger an die Gestade des Meeres streben, so auch in seinem letzten großen Roman *Die Möglichkeit einer Insel*«. Er stellt die Frage nach der Möglichkeit einer Utopie. Täten sich einige zusammen, nach neuen biopolitischen Regeln, und arbeiteten zuletzt an der Überwindung der Fehlbarkeit des Menschen, was käme dabei heraus? Houellebecq ist mit diesem Text endgültig in das Zeitalter der Posthumanität übergegangen, nicht zuletzt, um aus dieser künstlichen Distanz noch einmal auf die Menschen, die Wilden, zurückzublicken. Im Mittelpunkt dieser anästhesierten Apokalypse steht Daniel, ein trauriger Komiker und »scharfer Beobachter der gegenwärtigen Realität«, der allerdings nicht mehr viel zu beobachten hat. Paris etwa ist nur noch der Ort des Business. »In Paris ist man einer gewissen Aufruhrstimmung ausgesetzt, die einem die Illusion vermittelt, man könne alle Projekte verwirklichen.« Dieser Protagonist versucht sich in seiner Komik noch einmal an Tabubrüchen, er sucht die Grenzen des guten Geschmacks, versucht, politisch, moralisch, religiös unkorrekt zu sein, und er stellt fest, dass sich ein paar Leute aufregen und dass eben dies den Erfolg befördert. »Wenn man die Welt gewalttätig genug angreift, spuckt sie schließlich ihr dreckiges Geld aus; aber Freude kann sie einem nie wiedergeben, nie.« Vor allem geht Houellebecq hier an die Grenzen der Literatur selbst: Es werden noch einmal alle großen Themen aufgerufen: Liebe, Tod, Männer, Frauen, Kinder, Jugend, Alter, Religion, Demokratie, Medien etc. Es wird alles diskutiert und in den Abgrund gezogen, und die Insel der Utopie, die aus diesem Meer der traurigen Diskurse auftauchen könnte, wird zuletzt keine Phantasie mehr befruchten können. Damit ist nicht nur die Frage nach der Utopie als literarischem Experiment aufgeworfen und abschlägig beantwortet, sondern auch die Frage nach der Literatur selbst. Es scheint, als habe sie ausgedient, und zwar besonders deshalb, weil ihr nichts mehr zu entdecken bleibt. Mit der Literatur, so merkt man, steht auch die Realität auf dem Endspiel: »Es gibt keine reale, kein sinnlich erfaßbare, keine menschliche Welt mehr, ich habe die Zeit hinter mir gelassen, habe weder Vergangenheit noch Zukunft mehr, habe keine Trauer, keine Pläne, keine Sehnsucht, keine Selbstaufgabe und keine Hoffnung mehr; da ist nur noch Angst.« Kurzum: Dieser Roman ist eine Grabplatte, die man irgendwo ins Meer geworfen hat.

Ausfahrt zur Nacht

Auf jeden Fall bleibt das Meer. Es ist Zeit, »Adieu Tristesse« zu rufen. Vielleicht steht ja der Sommer vor der Tür, und den Sommer verbringen die Pariser bekanntlich auf dem Land – und natürlich auch am Meer.

Sollte ich den Wasserweg wählen? Die Seine erzählt ja auch vom Meer, von Le Havre und der Atlantikküste. Übrigens, an ihrer Quelle im Burgund steht eine Nymphe, die sie symbolisiert. Diese Nymphe lockt flüsternd: »Wenn du diesen staubigen Bibliothekssaal endlich verlassen möchtest, dann überlass dich mir.« Und ich bin versucht, eine Barke zu Wasser zu lassen und unter schwarzer Beflaggung gen Westen zu ziehen. Am besten nachts, damit man mich nicht sieht. Gewiss, ein frommer Wunsch. Und so muss ich es mir gar nicht vorstellen, nein, es stellt sich selbst vor, das letzte Aufgebot der Pariser Gespenster, denen die Nacht zur Kulisse ihrer traurigen Anarchie wird, die sich selbstredend auch an die Gesetze der Chronologie nicht hält. Wie überaus passend ist es da, dass gerade jetzt die Surrealisten ihre Meteore in das schwarze Firmament werfen und den Mond aufschlitzen, auf dass er sich über die Pyramiden ihrer Phantasie ergieße.

Adieu, Pyramiden

Wollte jemand behaupten, auf die Pläne der Pariser Surrealisten, allen voran André Breton und Louis Aragon, sei nicht zu bauen? Allein ihre Pyramiden sind veritable Luftschlösser, bestenfalls von ein paar Tränen umspült. Im Übrigen haben auch sie ihre Vorbilder, darunter den Dichter Lautréamont, der seinen »*Maldoror*«, den Vergolder des Bösen, monströse Gesänge hat anstimmen lassen, in welchen nicht nur Leichen durch die Seine schwimmen und grässliche Gespenster spuken (»Es gibt Stunden im Leben, da der Mensch mit verlaustem Haar starren Auges Raubtierblicke auf die grünen Membranen des Raumes wirft; denn ihm ist, als höre er vor sich das Hohngelächter eines Gespenstes.«).

Nein, es werden selbstredend schon hier, inmitten des Gesangs, Gebäude errichtet, die der Erinnerung einen prächtigen Ort zu geben vermögen, und zwar mit der Energie einer verzweifelten Liebe, die sich selbst zu verzehren in Begriff ist.

Diese Liebe erzeugt nun also »eine Pyramide von Seraphen, zahlreicher als Insekten, die in einem Wassertropfen wimmeln, und verschlingt sie zu einer Ellipse, die sie wirbelnd um sich schleudert.« Zugegeben, eine solche deliröse Pyramide wird dem gestrengen Blick des Tages und der Vernunft kaum standhalten. Und doch scheint dieser Blick von triefäugiger Konvention verstellt zu sein, der Realität von Phantasma meint scheiden zu können und vor allem zu müssen – jedenfalls in Paris, hat doch diese Stadt wie kaum eine zweite Grenzen welcher Art auch immer stets verlacht. Wer also mag behaupten, es schlüge in ihr kein ägyptisches Herz? Sollte es etwa purer Zufall sein, dass exakt 33 Jahre vor der Errichtung der Lautréamontschen Pyramide, und zwar im Jahre 1836, nach einer zweijährigen Odyssee mitten auf der Place de la Concorde ein Obelisk aus Ägypten aufgestellt wurde, Geschenk des ägyptischen an den französischen König? Und sollte dies keine Geste der Anerkennung des Pariser Gelehrten Jean-François Champollion gewesen sein, des großen Ägyptologen und Entzifferers der Hieroglyphen, jenes Mannes, dessen Namen der belesene Surrealist Louis Aragon in dieser denkwürdigen Sentenz aufleben lässt: »Halten wir inne, um tief Atem zu holen, wir modernen Champollions«? Und muss noch unterstrichen werden, dass die Pariser Hieroglyphen, Obelisken, Pyramiden und Krypten Symbole einer anderen, vielleicht wahren und erst im Kommen begriffenen Aufklärung sind? Lassen wir uns also von Aragon, dessen Gesichte Legion sind, in einem ersten Schritt gründlich aufklären:

»Die Menschen«, schreibt er in seinem schönen Buch »*Der Pariser Bauer*«, »leben geschlossenen Auges inmitten der Abgründe der Magie. Naiv gehen sie mit den schwarzen Symbolen um, ihre unkundigen Lippen wiederholen, ohne es zu wissen, schreckliche Zauberworte, Formeln, die Revolvern gleichen. Man könnte erbeben, wenn man sieht, wie eine bürgerliche Familie ihren morgendlichen Kaffee einnimmt, ohne das Unergründbare zu bemerken, das durch die rotweißkarierte Tischdecke scheint. Ich will nicht vom unbedachten Gebrauch der Spiegel sprechen, von den auf die Wände gekritzelten obszönen Zeichen, vom heutzutage arglos verwendeten Buchstaben W, von den Chansons des Konzert-Cafés, die man sich merkt, ohne die Worte zu kennen, von den Fremdsprachen, die man ins Alltagsleben einführt, ohne vorher auch nur die geringste Unter-

suchung über das Dämonische an ihnen angestellt zu haben, von den dunklen, beschwörenden Vokabeln, die für Telefonanrufe gehalten werden, und vom Morse-Alphabet, dessen bloßer Name schon Anlaß zum Nachdenken geben müßte. Wie könnten sich die Menschen nach alldem der Verzauberungen bewußt werden? Dieser Passant da, den die Leute anrempeln, haben Sie nichts bemerkt? ist eine dahinschreitende steinerne Statue, dieser andere ist eine Giraffe, die in einen Buchmacher verwandelt wurde, und der hier, ah, der hier, pst! das ist ein Verliebter. Sehen Sie, wie er, während aus allen Schleudern Steine gegen seine Stirn prallen, dahinschreitet, mit den Nähfäden von Schwalben an seinem Hut, mit der Brise der glücklichen Täler um seinen Hals, am Mund die Nelke des Bisses; er ist in weißen Samt gekleidet, so wahr ich hier stehe, und wenn er sich in den Vororten über die Wasserfläche der Fischteiche neigt, werden die Fische zu Messern.«

Es ist kein läppisches Spiel der Zeichen, wenn Aragon an anderer Stelle die unheimliche Anekdote erzählt über jenen »schon zersetzten Leichnam, den man in einem mit seinem Umhang drapierten Auto alle Jahre auf die Place de la Concorde fuhr« und den anschließenden fulminanten Parforceritt durch die Statuenlandschaft von Paris mit dem Satz beendet: »So stellt die Magie mitten auf den Straßen ihre schwarzen Zeichen auf.« Ich denke in diesem magischen Moment an meinen geliebten Nerval, der schließlich just an der Place de la Concorde Hand an sich legen wollte und apokalyptische Visionen hatte, denen er doch nicht zufällig an anderer Stelle diese Zeichen voranschickte: »Das Sternbild des Orion öffnete am Himmel die Schleusen gewaltiger Wasser; unter der Überlast des Eises an ihrem entgegengesetzten Pol wälzte die Erde sich halb um sich selbst, und die Meere, aus ihren Ufern tretend, überfluteten die Hochebenen Afrikas und Asiens; die Überschwemmung ergoß sich in die Sandwüsten, drang in die Gräber und Pyramiden ein …«

Nun also sind alle Zweifel fortgewischt: Paris zeigt sich als ein irisierendes Zwischenreich, über welchem die schwarzen Sonnen um die Wette strahlen, und dies auch einer Magie zu Ehren, wie sie allein der Dichtkunst innewohnen kann. Schwarz auf weiß ist demnach nachzulesen, dass die Fahnen, die im Wind hängen, nicht allein die eines gesunkenen Mutes sein müssen, sondern Symbole des poetischen Widerstands gegen die vergessliche Konvention. Unter diesen Fahnen lässt sich vortrefflich davonsegeln und in See stechen (auch, um aus den Messern wieder Fische zu machen).

Der Wink des Survenant

Doch blicke ich noch für ein paar Augenblicke hinauf zu jener nächtlichen Gestalt am Ufer der Seine: Es ist André Breton, der mit einer Schönen im Arm durch die Nacht flaniert und seine verrückte Liebe, »L'Amour fou«, nach den strengen Regeln des Surrealismus zelebriert: »Damit die unverhüllte, bestürzende Irrationalität gewisser Vorkommnisse zutage tritt, ist die strengste Authentizität des sie verzeichnenden menschlichen Dokuments unerläßlich.« Das ist gut zu wissen, denn nun also darf auf seine Verse gebaut werden. Zunächst erst einmal ein Landhaus:

> *Une ferme prospérait en plein Paris*
> *Et ses fenêtres donnaient sur la voie lactée*
> *Mais personne ne l'habitait encore à cause des survenants*
> *Des survenants qu'on sait plus dévoués que les revenants*

> Ein Landgut blühte mitten in Paris
> und seine Fenster gingen auf die Milchstraße hinaus
> Aber niemand bewohnte es mehr der unvermuteten
>   Gäste wegen
> der Gäste die wie man weiß ergebener sind als die
>   Wiedergänger

Eine kleine Farm mitten in Paris also, in dem die Survenants wiedergehen (hier zunächst etwas arglos als »unvermutete Gäste« bezeichnet). Im Gegensatz zu den Revenants, den Wiedergängern bzw. Zurückkommenden, spuken hier solche Venants,

Kommende, denen ein »Sur« vorangestellt ist wie dem Breton-
schen Realismus das »Sur«, um es zum Sur-Realismus zu
machen. Wörtlich genommen sind diese Sur-Venants Über-
Kommende. Sie kommen von oben (über uns). Überraschungs-
geister also, die ergebener sein sollen als ihre bekannteren
Freunde, die Wiedergänger. Der lustige Breton kommentiert
dieses Eigenschaftswort selbst und meint, er habe urspünglich
»dangereux«, also gefährlich, schreiben wollen, gegen welches
sich aber seine Feder gesträubt haben soll, weshalb er »dé-
voués«, also »ergeben« gewählt habe, das allerdings jedes tie-
feren Sinns entbehre und ein reines Füllwort sei; am besten
stünden hier Auslassungspunkte. Ein paar ausgelassene Über-
raschungsgeister schauen durch die Fenster der Villa Kunter-
bunt auf die Milchstraße hinaus. Und der Über-Flieger Breton
winkt den ergebenst gefährlichen Gesellen noch zu, stelle ich
mir jedenfalls vor, wenn er später den wichtigsten Satz dieses
Buches formuliert: »Ich bin in den Wolken jener Mann, der,
um zu der Geliebten zu gelangen, dazu verurteilt ist, eine ganze
Pyramide seiner Wäsche aus dem Weg zu räumen.« Was will
man von den Surrealisten anderes erwarten als Pyramiden aus
Textilien und Texturen.

Die Brüder des Pharao

D ie Pyramiden lassen mich noch immer nicht ganz los. Ihre Geheimnisse machen Paris zu einem Monument des kulturellen Gedächtnisses. Allein die Pariser Zeichen und Schriften aufzuführen, die durchwirkt sind von orientalischen Motiven, verlangte jahrelange Arbeit und den Bau eines eigenen Archivs.

Ziemlich weit oben auf dem Stapel liegt ein Buch, das Michael Maar jüngst über Marcel Proust geschrieben hat: »*Proust Pharao*«. Wie verschlungen die Pfade auch sein mögen (und im Übrigen sein müssen), sie führen gleichwohl planvoll ins Zentrum einer kultischen Verehrung: »*Auf der Suche nach der verlorenen Zeit*« ist das Große Haus, nach dem der ägyptische König hieß und das dem legendären Leuchtturm von Pharos Pate stand. Als *phare* säumt es noch heute die französische Küste. Proust Pharao – leuchtend für alle, die durch den Nebel navigieren. Und wer von uns navigierte nicht durch ihn? Wie wahr und wie tröstlich erst recht für einen, der nur eine kleine schwarz beflaggte Barke sein eigen nennt.

Marcel Proust (dessen Geburtsjahr 1871 übrigens ein Jahr der Ziege war) sah am Ende seines Schreibens eben dieses Werks einem Druidenmal ähnlich, platziert auf einer Insel, die nie jemand besuchen würde. Abgesehen davon, dass hier eine sozusagen keltische Untertreibung wirksam ist, wird uns (neuerlich) eine jener Gnaden zuteil, auf die man nicht hoffen, geschweige denn spekulieren kann, stattdessen nur blindlings zusteuern. Und man wird finden, dass es bei Proust weit, weit mehr als eine Houellebecqsche »*Möglichkeit einer Insel*« gibt.

Sein Werk *ist* eine der wenigen realisierten Utopien, denen ent-
gegenzusegeln dem einen lebendigen Sinn einhaucht, was man
Leseabenteuer nennt.

Und wenn ich hier, da der Abschied naht, schon an den
Saum dieses Pharaos rühre, so möchte ich noch ein letztes Mal
einen Bruder im Geiste anrufen, bevor er in der Eingangspyramide des Louvre verschwindet. Nach Jacques Derridas Tod, im
Jahre 2004, erinnerte Sloterdijk in dem bereits zitierten Buch,
das er sinnigerweise »*Derrida ein Ägypter. Über das Problem der
jüdischen Pyramide*« betitelt hat, daran, dass Derrida einmal
einen überaus kryptischen Text geschrieben hat mit dem Titel
»*Der Schacht und die Pyramide*«. Und in diesem Text ist von
einem »nächtlichen Schacht« die Rede, »dessen Todesstille von
der verhaltenen Kraft all der Stimmen erfüllt ist, die er in sich
hortet«; und dann ist da ein Weg, der zu einer »aus der ägyptischen Wüste mitgebrachten Pyramide« führt; und schließlich
wird von einem »Rätsel« gemunkelt, worin die Pyramide selbst
zum Schacht werde. Sloterdijk scheint dieses Geheimnis zu
lüften, nachdem er sich mit all den Hieroglyphen sattsam
beschäftigt hat, und uns eine frohe Botschaft zu hinterlegen:
»In jedem Moment, in dem es sich auf sich besinnt, steht das
Leben an seinem Grab-Schacht, seiner selbst gedenkend – aus
der Tiefe tönen die Stimmen des eigenen Gewesenseins. Wer
dies versteht, begreift, was es heißt, das Gespenst des Pharao
in die Sphäre der Brüderlichkeit zu integrieren. Man könnte
sich Derrida gut als Besucher in Ägypten vorstellen, wo er im
Gedanken an das ausradierte Grabmonument Amenophis' IV.
den Vers, *mon semblable, mon frère* rezitierte.« Wir erinnern
uns: Der Vers, der hier gemeint ist, ist der letzte aus dem ersten

Gedicht der »*Blumen des Bösen*« von Baudelaire. In diesem Gedicht, »*Au Lecteur*«, besingt Baudelaire den uns arme Leser gefangen haltenden »Satan Trismégiste«, »Satan den Dreimalgroßen«. Und ist es ein Zufall, dass hiermit auch das »Trismegistos« zitiert wird, das einst dem griechischen Hermes beigegeben wurde, der nun also Hermes Trismegistos hieß, nicht ohne zuvor eine Konjunktion mit dem ägyptischen Thoth eingegangen zu sein? Und wacht also nicht dieser dreimalgroße Hermes-Thoth, dieser doppelköpfige und zwielichtige Gott der Geheimnisse, der Schrift und des Todes, schon von Beginn an über dieser unserer kleinen Paris-Flanerie, da er mit seinem schwarzen Tuch unseren Horizont verschleierte? Welch schwindelerregende Phantasmen ringeln sich Schlangen gleich am Grund der Pyramide, durch deren Labyrinthe wir irren, seit wir lesen gelernt haben.

V

Wollte ich nicht zum Meer, um das nunmehr unheimliche nächtliche Paris zu verlassen? Ist die Beklommenheit, die sich nun beim Anblick der schwarzen Seine, die wie der Styx durch ein Totenreich zu führen scheint, irgendwie abzuschütteln? Was frommt es denn, ausgerechnet zum Meer Zuflucht zu nehmen, zumal wenn man gen Westen unterwegs ist und dort auf ein Schauspiel wartet, das bereits der überragende Pariser Dichter und Historiker des 19. Jahrhunderts, Jules Michelet, als Trauerspiel beschrieben hat: »Groß ist die Trauer, wenn man die Sonne – Freude der Welt und Mutter allen Lebens – jeden Abend wieder untergehen und in den Fluten versinken sieht. Es ist dies die tägliche Trauer der Welt und zumal die Trauer des Westens. Wohl wohnen wir dem Schauspiel jeden Tag aufs neue bei, doch hat es über uns unwandelbar die nämliche Gewalt, wirkt es auf uns mit der gleichen Melancholie.« Gesetzt, wir wären wirklich erpicht darauf, mit unserer Barke hinfortzusegeln – wo bleibt der frische Wind, der unsere Segel blähte und die schwarzen Fahnen belebte?

Einstweilen mache ich mir Mut und, auch wenn es niemand sieht, ein Zeichen. Ich mache das gute alte »V«. Wir erinnern uns daran, dass hiermit Victoire, Victoria, die Göttin des Sieges, beschworen wird. Der Feind findet sich nicht allein im Pariser Häusermeer; er findet sich überall: Es ist das um sich greifende Vergessen.

Erinnern wir uns: Zu revolutionären Zeiten flatterte die schwarze Fahne als Symbol der Anarchie, der Trauer und des Widerstands über den Pyramiden von Paris. Die schwarzen

Fahnen, die hier ausgerollt wurden und über meiner Barke prangen, feiern, nun nicht mehr unsichtbar, ihren Sieg über das Vergessen. Und wie soll das gehen? Nun, indem ich das »V« frei und sich an das Wort »Anarchie« anschließen lasse, womit ein Wort herauskommt, das zufälligerweise bereits von dem jüdischen Ägypter Derrida erfunden wurde und lautet: ANARCHIV. Dieses Wort mag sich merken, wer will. Wer es sich merkt, hat bereits gewonnen: Die glückliche Konjunktion von Anarchie und Archiv findet sich am Zeichenhimmel unseres pyramidalen Paris.*

Und so fügt es sich zuletzt: Paris selbst ist dieses Anarchiv, in welchem der Wille zu Freiheit mit der Liebe zum Gedächtnis vermählt ist. Und also: Liebe, Melancholie, Freiheit – diese Trias wird vom unsichtbaren V auf und in den *schwarzen Fahnen von Paris* bewahrt, behütet und verteidigt.

Merci, Paris.

---

* Übrigens gibt es so etwas wie eine flankierende Analogie bei Breton, der in seinem Schicksal, das von Paris nicht getrennt gesehen werden kann, die Konjunktion von Venus und Mars, Liebe und Kampf, wirksam wusste.

P. S.

Gesetzt zuletzt, der Wind setzte ein, ich bin mir sicher, ich landete in Claude Lévi-Strauss' »*Traurigen Tropen*«. Am Ende meiner Reise höbe ich meinen Kopf (womöglich in Paris) und zitierte die letzten Worte, im Übrigen dankbar, nun wirklich zu schließen mit einem leicht erhöhten Zeichen, hinter dem neue Abenteuer meiner harren:

»Wenn der Regenbogen der menschlichen Kulturen endlich im Abgrund unserer Wut versunken sein wird, dann wird – solange wir bestehen und solange es eine Welt gibt – jener feine Bogen bleiben, der uns mit dem Unzugänglichen verbindet, und uns den Weg zeigt, der aus der Sklaverei herausführt und dessen Betrachtung dem Menschen, auch wenn er ihn nicht einschlägt, die einzige Gnade verschafft, der er würdig zu werden vermag: nämlich den Marsch zu unterbrechen, den Impuls zu zügeln, der ihn dazu drängt, die klaffenden Risse in der Mauer der Notwendigkeit einen nach dem anderen zuzustopfen und damit sein Werk in demselben Augenblick zu vollenden, da er sein Gefängnis zuschließt; jene Gnade, nach der jede Gesellschaft begehrt, wie immer ihre religiösen Vorstellungen, ihr politisches System und ihr kulturelles Niveau beschaffen sein mögen; jene Gnade, in die sie ihre Muße, ihr Vergnügen, ihre Ruhe und ihre Freiheit setzt; jene lebenswichtige Chance, sich zu *entspannen*, loszulösen, das heißt die Chance, die darin besteht…, in den kurzen Augenblicken, in denen es die menschliche Gattung erträgt, ihr bienenfleißiges Treiben zu unterbrechen, das Wesen dessen zu erfassen, was sie war und noch immer ist, diesseits des Denkens und jenseits der Gesellschaft:

zum Beispiel bei der Betrachtung eines Minerals, das schöner
ist als alle unsere Werke; im Duft einer Lilie, der weiser ist
als unsere Bücher; oder in dem Blick – schwer von Geduld,
Heiterkeit und gegenseitigem Verzeihen –, den ein unwill-
kürliches Einverständnis zuweilen auszutauschen gestattet mit
einer Katze.«

***

ALGALARRONDO, HERVÉ: *Der langsame Tod des Roland Barthes.* Übersetzt von Dino Heicker. Berlin 2010. (Parthas)

ARAGON, LOUIS: *Der Pariser Bauer.* Übersetzt von Lydia Babilas. Frankfurt a. M. 1996. (Suhrkamp)

BARTHES, ROLAND: *Pariser Abende.* In: *Begebenheiten.* Übersetzt von Hans-Horst Henschen. Mainz 1988. (Dieterichsche Verlagsbuchhandlung)

BARTHES, ROLAND: *Fragmente einer Sprache der Liebe.* Übersetzt von Hans-Horst Henschen. Frankfurt a. M. 1988. (Suhrkamp)

BARTHES, ROLAND: *Die helle Kammer. Bemerkung zur Photographie.* Übersetzt von Dietrich Leube. Frankfurt a. M. 1989. (Suhrkamp)

BARTHES, ROLAND: *Die Vorbereitung des Romans.* Übersetzt von Horst Brühmann. Frankfurt a. M. 2008. (Suhrkamp)

BARTHES, ROLAND: *Tagebuch der Trauer.* Übersetzt von Horst Brühmann. München 2010. (Hanser)

BAUDELAIRE, CHARLES: *Die Blumen des Bösen.* In: Sämtliche Werke und Briefe. Bd. 3 u. 4. Hrsg. von Friedhelm Kemp und Claude Pichois. Übersetzt von Friedhelm Kemp. München 1975. (Hanser)

BENJAMIN, WALTER: *Das Passagen-Werk.* Gesammelte Schriften. Bd. 5. Hrsg. von Rolf Tiedemann. Frankfurt a. M. 1983. (Suhrkamp)

BERR, HÉLÈNE: *Pariser Tagebuch. 1942–1944.* Übersetzt von Elisabeth Edl. München 2009. (Hanser)

BLANCHOT, MAURICE: *Die Schrift des Desasters.* Übersetzt von Gerhard Poppenberg und Hinrich Weidemann. München 2005. (Fink)

BRETON, ANDRÉ: *L'Amour fou.* Übersetzt von Friedhelm Kemp. Frankfurt a. M. 1994. (Suhrkamp)

CIORAN, E. M.: *Lehre vom Zerfall.* Übersetzt von Paul Celan. Stuttgart 1979. (Suhrkamp)

CIORAN, E. M.: *Vom Nachteil, geboren zu sein.* Übersetzt von François Bondy. Frankfurt a. M. 1979. (Suhrkamp)

CIORAN, E. M.: *Syllogismen der Bitterkeit.* Übersetzt von Kurt Leonhard. Frankfurt a. M. 1980. (Suhrkamp)

CIORAN, E. M.: *Der zersplitterte Fluch.* Übersetzt von Verena von der Heyden-Rynsch. Frankfurt a. M. 1987. (Suhrkamp)

CIORAN, E. M.: *Gevierteilt.* Übersetzt von Bernd Mattheus. Frankfurt a. M. 1989. (Suhrkamp)

CIORAN, E. M.: *Cahiers 1957–1972.* Übersetzt von Verena von der Heyden-Rynsch. Frankfurt a. M. 2001. (Suhrkamp)

DERRIDA, JACQUES: *Edmond Jabès und die Frage nach dem Buch.* In: *Die Schrift und die Differenz.* Übersetzt von Rodolphe Gasché. Frankfurt a. M. 1994. (Suhrkamp)

DERRIDA, JACQUES UND GEOFFREY BENNINGTON: *Jacques Derrida.* Übersetzt von Stefan Lorenzer. Frankfurt a. M. 1994. (Suhrkamp)

DERRIDA, JACQUES: *Aufzeichnungen eines Blinden. Das Selbstportrait und andere Ruinen.* Übersetzt von Andreas Knop und Michael Wetzel. München 1997. (Fink)

DERRIDA, JACQUES: *Dem Archiv verschrieben. Eine Freudsche Impression.* Übersetzt von Hans-Dieter Gondek und Hans Naumann. Berlin 1997. (Brinkmann und Bose)

DERRIDA, JACQUES: *Der Schacht und die Pyramide. Einführung in die Hegelsche Semiologie.* In: *Randgänge der Philosophie.* Übersetzt von Gerhard Ahrens u.a. Wien 1999. (Passagen)

DERRIDA, JACQUES: *Die Einsprachigkeit des Anderen oder die ursprüngliche Prothese.* Übersetzt von Michael Wetzel. München 2003. (Fink)

DERRIDA, JACQUES und HANS-GEORG GADAMER: *Der ununterbrochene Dialog.* Frankfurt a. M. 2004. (Suhrkamp)

DERRIDA, JACQUES: *Die Tode von Roland Barthes.* In: *Jedes Mal einzigartig, das Ende der Welt.* Übersetzt von Markus Sedlaczek u.a. Wien 2007. (Passagen)

DICK, KIRBY und AMY ZIERING KOFMAN: *Derrida.* Jane Doe Films Production 2002. (absolut Medien)

DURAS, MARGUERITE: *Der Schmerz.* Übersetzt von Eugen Helmlé. München 1994. (dtv)

FATHY, SAFAA: *D'ailleurs Derrida.* Editions Montparnasse 2008.

HESSEL, FRANZ: *Ermunterungen zum Genuß sowie Teigwaren leicht gefärbt und Nachfeier.* In: Die »kleine Prosa« 1926–1933. Hrsg. von Peter Moses-Krause. Berlin 1999. (Das Arsenal)

HOUELLEBECQ, MICHEL: *Elementarteilchen.* Übersetzt von Uli Wittmann. Köln 1999. (Dumont)

HOUELLEBECQ, MICHEL: *Die Möglichkeit einer Insel.* Übersetzt von Uli Wittmann. Köln 2005. (Dumont)

KOFMAN, SARAH: *Erstickte Worte.* Übersetzt von Birgit Wagner. Wien 1988. (Passagen)

KOFMAN, SARAH: *Rue Ordener, Rue Labat. Autobiographisches Fragment.* Übersetzt von Ursula Beitz. Tübingen 1995. (edition diskord)

KRACAUER, SIEGFRIED: *Straßen in Berlin und anderswo.* Berlin 1987. (Das Arsenal)

KRISTEVA, JULIA: *Schwarze Sonne. Depression und Melancholie.* Übersetzt von Bernd Schwibs und Achim Russer. Frankfurt a. M. 2007. (Brandes & Apsel)

LAUTRÉAMONT: *Die Gesänge des Maldoror.* Übersetzt von Ré Soupault. Reinbek bei Hamburg 1990. (Rowohlt)

LÉVI-STRAUSS, CLAUDE: *Traurige Tropen.* Übersetzt von Eva Moldenhauer. Frankfurt a. M. 1978. (Suhrkamp)

MAAR, MICHAEL: *Proust Pharao.* Berlin 2009. (Berenberg)

MICHELET, JULES: *Das Meer.* Übersetzt von Rolf Wintermeyer. Frankfurt a. M. 2006. (Campus)

NERVAL, GÉRARD DE: *Die Töchter der Flamme. Erzählungen und Gedichte.* Übersetzt von Anjuta Aigner-Dünnwald u.a. München 1989. (Winkler)

PEREC, GEORGES: *Ein Mann der schläft.* Übersetzt von Eugen Helmlé. Frankfurt a. M. 1991. (Fischer)

PEREC, GEORGES: *Das Leben. Gebrauchsanweisung.* Übersetzt von Eugen Helmlé. Frankfurt a. M. 1982. (Zweitausendeins)

RILKE, RAINER MARIA: *Briefe.* Frankfurt a. M. 1987. (Insel)

RILKE, RAINER MARIA: *Gedichte.* Frankfurt a. M. 2008. (Fischer)

SARTRE, JEAN PAUL: *Vorstellung von Les Temps Modernes.* In: Gesammelte Werke. Bd. 1. Hrsg. von Traugott König und übersetzt von Lothar Baier u.a. Reinbek bei Hamburg 1986. (Rowohlt)

Literatur

SARTRE, JEAN-PAUL: *Was ist Literatur?* Gesammelte Werke. Bd. 2. Hrsg. und übersetzt von Traugott König. Reinbek bei Hamburg 1986. (Rowohlt)

SLOTERDIJK, PETER: *Derrida ein Ägypter. Über das Problem der jüdischen Pyramide.* Frankfurt a. M. 2007. (Suhrkamp)

STRINDBERG, AUGUST: *Inferno.* Übersetzt von Hans-Jürgen Hube. Ohne Ort 1991. (Sammlung Dieterich)

STRINDBERG, AUGUST: *Schwarze Fahnen.* Übersetzt von Alken Bruns. Frankfurt a. M. 1990. (Suhrkamp)

Zu den Fotografien

Für Leser, die auf den Spuren dieses Buches durch Paris flanieren mögen, hier die Angaben, soweit sie Sinn ergeben:

Seite 2/3: Die Champs-Elysées
4: Die Rue Vaugirard
6: Die Pont Neuf im Nebel
12: Die Galerie Vivienne
20: Das »Aux Deux Magots«
38: Gasse im Marais
54: Die Rue Pigalle bei Nacht

60: Boulevard de Clichy mit »Moulin Rouge« und »Cyrano«
65: Place de la Bastille
94: Teilansicht der Place de la Concorde mit dem Obelisken aus Luxor
105: Blick auf die Seine und den Pont Neuf

Die Bilder verdanken wir folgenden Fotografen:

Paul Almasy (Seite 2/3, 12, 16, 18, 20, 27, 30, 42, 54, 60, 65, 105)
Denise Bellon (4, 45, 82)
Hervé Champollion (6, 94)

Bildarchiv Pisarek (38)
Jacques Rouchon (72)
Peter Cornelius (98)

und dem Archiv für Kunst und Geschichte, Berlin, namentlich Regina Müller, die uns bei der Bebilderung dieses Buches wunderbar unterstützt hat.

Willkommen woanders –
willkommen bei CORSO.

D ie Reise als Versuch, alles zu erfahren – das Leben, die Welt, sich selber«, schrieb Ryszard Kapuściński, der große Reporter.

Die Reise – ist sie nicht immer auch der Versuch, aus unserem Alltag aufzubrechen auf der Suche nach neuen, authentischen Erfahrungen, nach Erlebnissen und Anregungen?

Die Reise – folgt sie nicht auch der Sehnsucht, uns in der Begegnung mit dem Fremden selbst besser zu verstehen und vielfältig kulturell zu bereichern?

Reisen bleibt eine Fahrt ins Offene, die Suche nach neuen Horizonten, nach Sinnstiftung und Erkenntnis, nach *Welterfahrung und Herzensbildung.*

Wir halten *Neugier* für eine Tugend und glauben, dass die Welt noch lange nicht rund ist. Und ohne ein Verständnis von *Kultur* und *Geschichte* auch nicht runder wird.

Deshalb streift unser Programm durch verschiedene Kontinente, reisen unsere Bücher durch verschiedene Länder, die Literatur, Kunst und Geschichte heißen. Jedes Buch auf seine Art. Unsere Bücher sind *Flaneure*, die auch optische Eindrücke von ihren Reisen mitbringen: Jedes erscheint mit Bildern.

Wir freuen uns, wenn Sie sich für den Verlag, seine Autoren und Ideen, Themen und Bücher interessieren – informieren Sie sich doch bitte unter *www.corso-willkommen.de.*

Gerne können Sie uns auch anrufen (040/226 33 40) oder uns eine Postkarte (Gaußstraße 124–126, 22765 Hamburg) oder Mail (info@corso-willkommen.de) schicken: Wir senden Ihnen frei Haus und stante pede »CORSO*mundo*«, unser halbjährliches Magazin mit Leseproben aus den neuen Büchern, zahlreichen Bildern und einiges mehr von Diesunddas.

CORSO

corso*libro* 4

LEONHARD FUEST

Die schwarzen Fahnen von Paris

1. AUFLAGE IM SEPTEMBER 2010

© CORSO / GROOTHUIS, LOHFERT VERLAGSGESELLSCHAFT MBH

GAUSSSTRASSE 124–126, 22765 HAMBURG

DER UMSCHLAG VERWENDET DAS MOTIV

EINES WASSERSPEIERS AN DER KATHEDRALE NOTRE-DAME DE PARIS

© FÜR ALLE FOTOGRAFIEN:

ARCHIV FÜR KUNST UND GESCHICHTE, BERLIN

AUSSTATTUNG / GESTALTUNG:

GROOTHUIS, LOHFERT, CONSORTEN │ GLCONS.DE

GESETZT AUS DER FAIRFIELD

LITHOGRAFIE: FRISCHE GRAFIK, HAMBURG

GEDRUCKT AUF FOCUSART NATURAL DURCH GUTENBERG BEUYS, HANNOVER

UND GEBUNDEN VON INTEGRALIS, HANNOVER

PRINTED IN GERMANY. ALLE RECHTE VORBEHALTEN

ISBN 978-3-86260-003-8

MEHR ÜBER IDEEN, AUTOREN UND PROGRAMM DES VERLAGES

FINDEN SIE AUF

WWW.CORSO-WILLKOMMEN.DE